Poetry
Construction

诗建设

2012　08　（总第6期）

作家出版社

《面朝大海》35X35cm 王犁 画

CONTENTS

跨界

笔记

细读

建设

翻译

Poetry
Construction

开卷 · DECOIL

于坚

　　1954 年生于昆明。14 岁辍学,当过铆工,电焊工,搬运工等。20 岁开始写诗,25 岁发表作品。1984 年毕业于云南大学中文系。1985 年与韩东等人合办诗刊《他们》。1986 年发表成名作《尚义街六号》,1994 年长诗《O 档案》被誉为当代汉语诗歌的一座"里程碑"。出版诗集有《诗六十首》《对一只乌鸦的命名》《一枚穿过天空的钉子》《于坚的诗》、文集《棕皮手记》等十余种。曾获《联合报》十四届诗歌奖、《人民文学》诗歌奖、首届华语文学传媒大奖、第四届鲁迅文学奖等。现居昆明。

于坚新作（6首）

后　面

后面　我听见您的肺叶像广场一样张开
诡计多端的老跟班　监视我这么多年
也够辛苦的　您是不是长着长耳朵
喜欢黑皮包和铁灰色领带　您是否重听
是否哮喘严重　我经常听见您把气管贴在门上
您听见了什么　那个夏天我一直在洗脚
您看见了什么　我从不在卧室兴风作浪
只是喜欢在黎明时披着曙光做爱　您是否
人到中年　微微发福　患着湿疹　下身溃烂　写作
乃神出鬼没之事　我也许会在凌晨三点　跟着流星
一跃而起　供出一首诗的地址　夜夜枕戈待旦
您是否患着治不好的失眠症　您是不是擅长在拐角处
幽灵般地一闪　别走　待我转身　看看您的模样
是一只穿制服的猫还是一个剃光头的鬼？　是空气
还是实物？　是一个衣架还是一副毛茸茸的爪子？
令我如此害怕　如此紧张　如此草木皆兵　如此
梦魂牵绕　如此谈虎色变　学生时代　我就知道您
在后面背着手　盯着我答考卷　盯着我传小纸条
盯着我冲瞌睡　有一次　我朝正在黑板上抄正楷的老师
啐了一口　忽然间冷气袭上后心　已被告发　我知道
您永远在后面开会　您的黑房间里堆着沙发和痰盂缸
您慢条斯理抽着免费烟卷　斜睨着我在键盘上穿梭
手指　像个坐以待毙的纺织娘　旁敲侧击　指桑
骂槐　射影含沙　在字里行间窝藏黑话　用牛奶隐匿

笔迹　留下小意思　您看见我的白纸黑字　也看见我
来不及交待的心思　东窗事　千钧一发　时日无多
我无法再缄默　无法再容忍　无法再作哑装聋
我就要翻脸　我就要破口大骂　我就要和盘托出
我　就要写下最后一章　签上真名　去你的吧
您的大胸　您的肥臀　您的航空母舰　您的塑料袋
老子白天模仿老鼠　唯唯诺诺　夜里学习大象
光明磊落　我是上帝的卧底　我是将来派入今天的
间谍　我知道一切都是徒劳　含辛茹苦　充其量
我只是一个言此意彼　阳奉阴违　口是心非的
小人　我的一生已被秘密表决　我的美梦
黄粱早就备案定性　我总是自作多情　穿好裤子
整理了头发　用那个代表死神的订书机　订牢
最后一稿　您还在后面吗？　还在调焦距吗？
我的忠仆　我的影子　我的书记员　您总是
闷声不响　偷偷摸摸　鬼鬼祟祟　在后面上着班
要是您哪天下岗了　请通知一声　呵呵　别
不打招呼就溜　别让我　蓦然回首　后面
总是某个背着旅行包要问路的陌生人　总是
那排停尸房似的书架　总是　阴郁的天空
总是　空无一人的街道　总是在风中微拂的
窗帘　总是嵌在卫生间里的脏镜子　总是
我自己的旧面孔　挂在黑暗里
像一具遗落在旷野上的骨骸

       2009 年写，2011 年 6 月 30 日改

住在 803 房间的一位青年

睡了 27 个小时后几乎成为死尸
站在郊区出租房的无产者窗口
骷髅般看着他的大千世界
贩夫走卒老板白痴黑老大脏小姐不怀好意的城管队
失业人员流浪汉东张西望这个早晨有个渣滓被警车带走

有只狗死于误食农药
天是灰的城是灰的碗是灰的制造一切都用伟大的灰
东西南北都是灰推土机灭掉了祖母传给他的青山绿水
只剩下不朽的塑料　刚刚从名牌化工学院毕业一年
什么都及格了甚至催眠的政治课只有灵魂空着
填补的办法是看盗版碟打口带喝闷酒手淫玩电子游戏机
美好的东西永远在梦中　梦才是乐园
一场便宜的电影　无须付费就心想事成从不浪费时间
"了此残生"不是一句怨词　他通常通过睡眠体会
偶尔醒来重返发炎的肉体　抬起搪瓷口缸歪头就漱
溅到下面小贩的油条筐里　四川人破口大骂
他关掉窗子　关掉窗子外面就是别个国家
每次回国都要重新学外语
才能与邻居聊天打麻将看报纸看电视谈恋爱
过去都以为将来就是来年夏天的星期二
一切就会彻底好转　阳光灿烂
世界的花园盛着一大篮爱你的姑娘
没想到年轻人依然奇形怪状　野怪黑乱
最近的风气是染黄头发伞状翘起整得像磷火
那一代是满街标语　这一代是满街汽车
依然是:最杰出的头脑毁于疯狂
歇斯底里　全身赤裸　在黎明时分拖着自己走过渣区
等着灵感的水泥阴沟里长出豆芽
金斯堡继续领导青春期　机械之夜更深
更消极　写得更乖戾　更垃圾　更绝望
在语词里吞服万艾克　诅咒的范围扩大了
他妈的!　殃及母亲　人生所谓的成功其实是
一旦西装笔挺就把那堆叫做诗集的破玩意儿
扔给收废品的外地人　不再提及前科
瞧　这朵披头散发的肉罂粟摇摇晃晃走下楼梯
提着昨夜剩下的尿　一声不吭　白眼向南
小贩们不敢动弹　街坊们等着他歇斯底里
扬州八怪的孙子摇滚着进厕所去了
太阳照样升起　还空着一个蹲坑

始于天才　　终于俗物
整个夏天他都在牙痛
但没有嚎叫

大　象

高于大地　　领导亚细亚之灰
披着袍　　苍茫的国王站在西双版纳和老挝边缘
丛林的后盾　　造物主为它造像
赐予悲剧之面　　钻石藏在忧郁的眼帘下
牙齿装饰着半轮新月　　皱褶里藏着古代的贝叶文
巨蹼沉重如铅印　　察看着祖先的领土
铁证般的长鼻子在左右之间磨蹭
迈过丛林时曾经唤醒潜伏在河流深处的群狮
它是失败的神啊　　朝着时间的黄昏
永恒的雾在开裂　　吨位解体　　后退着
垂下大耳朵　　在黑暗里一步步缩小
直到成为恒河沙数

2011.9.3

入境遭遇

他来自傲慢的大陆
五千年的历史足以令他在掏出护照时
慢条斯理　　庇护者河流纵横
高原上埋着陶罐　　有些花纹的含义至今未破
落日下的平原也是金黄的
巴比松画派从未调出过这种色
有时候他一丝不挂在喜马拉雅右翼的温泉中沐浴
坐在岩石上任风吹开他的毛孔
他体会过自由　　明白善的意义
世界美如斯　　在他的家乡

但海关太狭窄　　每次只容一人进出
捏着小本本　　害怕人家不给盖章
前诗人头发胶结　　鞋在发臭
在没有供煤的火炉中出着稀汗
国家的前科令他在每套制服前都反应迟钝
总是在密密麻麻的入口处提心吊胆
履历与婴儿的脚底一样清白
他的不合格是与那些反革命在同一时代出生
是有些同胞不懂礼貌
把口痰吐在亲王的地毯
是有些人被捕　　押上大卡车
无人知道他们躺在何处
是有些令人心寒的事情
请求在八月十五的子夜看看星星
不准　　是有人专事向当局告密
报告包括情书　　食谱　　描写风景的丽句清词
是有些老师　　一辈子在课堂上说谎
教你阳奉阴违　　教你口是心非
稗史　污迹　　就像耕地和水井
都要由原住民保管　　骄傲的海关可不管
围墙后面　　分工也有不同　　有烧砖的
有种地的　　有编结绳子的
我这一生　　都在为汉语押韵
去奥斯威辛的都是犹太人　　打开！
白手套指了指私人的箱子
民主制度翻开他的包裹
小指头勾出内衣　　短裤
嗅了嗅盒子里的金丝眼镜
翻开中文版的《圣经》
（没有夹带钞票）白一眼
放了他　　那眼神很熟啊
也就是我们这边蔑视小人时
自然会产生的神情

2009

在托马斯·特郎斯特罗姆家中谈论诗歌

天空蔚蓝如诸神衣裳
我们坐在托马斯家的果园里
谈论着大海和诗
前者环绕我们　野蛮　没有文明
蓝色的大神道成肉身
它自己是自己的主和膜拜者
这种方式令我们着迷
舞文弄墨　最终是为了匿名于洪荒
海鸥在天空下哭泣　年轻时我在工厂做工
焊接拉煤炭的翻斗车　肌肉发达
像是奥斯威辛人　瘦脸膛上嵌着白牙齿
下班前与女工调情　然后带着她骑车疾驶
托马斯医生　供职于斯德哥尔摩一家诊所
胸前挂着听筒　诊断来自图书馆的苍白人士
四十个秋天　没留下一根胡子
诗人与诗人之间　心有灵犀　无言以对
夫人在海底烹调晚餐　油滋滋作响
什么被放多了　什么不够　鱼的味道在瓷器中失败
出于礼貌　我啖了一口　准备用更长的时间
将那异味吐掉　记下这个黄昏
虚无的火炬分野美学　那是将来的事
回忆起自己的第一支笔
都是在学校　都是在学校
大家会心一笑
有个果子先于秋天掉在桌布上
停在玻璃杯外　离篮子还有三分
翘着把　似乎在为独立　洋洋得意
我看到暗红色　燃烧过度的一面
他那边　或许正对一个虫眼
黄昏时我们看着老迈的雾从大海走向森林

在各自的母语中
想着怎么道别

2009.8

在曼斯菲尔德山上写诗

我和诗人罗恩相约去曼斯菲尔德山上写诗
同一张纸上　他写他的英语　我写我的汉语
好主意　两个伙计击掌大笑　带上干粮和水
以及长短不一的笔　内行都要多带几支
这些自己无法生殖的嫉妒者有时候会捣乱
甩不出水来　跟着那些扛着红色雪橇的小伙子
向高处走　他们的目标是在向深渊下滑的途中
遇见雪人　平时它们是溶化的　只在冬天最辉煌的时刻偶尔凝固
我们向上走　指望着避开缆车　干了活　也找到从另一面回家的
　　坡路
一老一少　一高一矮　就像一个流派先后走进山谷
像砍柴的樵夫却没带斧头和绳子　像父子　却不是　他住在美国
号称纽约派　我住在昆明　评论家封为第三代　什么意思？
只知道奥哈拉写得不错　阿什伯里另当别论　高山在史前就已完成
我们只有评论的份　我看过旅游手册　它指出这座山像一匹石头
　　骆驼
罗恩说　在他看来更像鲸鱼的褶　我不是白居易　他不是杜甫
各写各的　就像那些滑雪的小伙子　必定在转弯时
摔得鼻青脸肿　写诗使我们异常　令我们完美　就像两匹正在嚼
　　草的马
坐在岩石上　就像从前的使徒　背后的松树上站着一只不飞的乌鸦
下笔时偷偷瞟一眼罗恩　耳根发红像是正在被小便逼迫
也有人以为这是两个刚刚入境的哑巴　来到我们的山上　却不带
　　雪橇
最后只能乖乖地揣着两个可疑的本子被缆车押解出境

2010.10.21 改定

于坚代表作(5首)

最高的毁灭

高原上的石头大小不同
大的像一座座黑色的碉堡
小的可以打弹弓
一个人　　即使是一个独眼巨人
即使用它们来建造集中营
后来消灭了三百万人
也只能一块石头一块石头地搬弄
我曾经把一块
石头投下山去
最初还看见它蹦蹦跳跳
后来它就躺在山坡上再也不动
那叫做风暴或地震的一来可就不同
它把满山的石头都刮起来
像抠起嵌在黑夜身上的星球
它们像凝固的雷子一样
轰隆隆滚下山谷
河流在一万年后被截成两段
改变了路线　　大地开裂
清朝功业赫赫的三百年

宴席一歪　风流人物
杯盘狼藉立刻咕辘辘滚下去
在十分钟里全部埋掉
那可怕的声音传过来
不只是风暴　不只是地幔错位
那是上帝的蹄子在踩
在踩
只能束手待毙
接受那毁灭
最高的毁灭
无人可以负责的毁灭
永不欠谁的毁灭

事件·暴风雨的故事

天气预报　"今天有暴风雨"
就来了　乘着一座疾飞的岛
乌云的披头士　在云端
露出了革命家的胡子脸
恐怖主义的闪电　打碎黄昏的金门牙
大自然的暴政　天地昏暗　城市在摇晃
收起阳台上的被单　窗子纷纷关上
行人忽然打开长腿　飞下街道　跑回家去

室内　筷子发愣　水果萎缩　汤结冰
盘子忽暗忽明　糖醋鱼双目暴突　晚餐精神分裂
桌布的态度暧昧不清　酒杯摇摆不定
有什么在黑暗之前的缝隙中　混进了家庭
鼠类争论不休　蟑螂修复了声带　屋顶被煮涨
雨声越来越响　像是一群疯子撕碎了造纸厂
千千万万种子从天上落下来　万物开始生长

丈夫和他的妻子　在不安中坚持着默契

隔着假牙说话　　就像他们　　演技讲究的婚姻
家具的外围开始妥协　　一批批与黑暗达成着共识
仿佛一只怀孕的墨水瓶　　浑圆的身体在缓缓扩大
一本日记预感到将有事情发生　　突然打开了
一些词溢出来　　但立即捂住了口

暴动者在肇事　　暴风推搡着城市
揪住它磁砖缝制的领口
闪电的党羽撕破火车站的脸颊
搜查了它干燥的鼻孔
大树一棵棵折断　　扑通倒下
像是在混乱中被斩首的乱党

在客厅和书房里　　在厨房　　在卫生间
一个家庭闭上了眼睛　　坐在书桌前的家长断掉电视机
闭上了眼睛　　患失眠症的妻子放下筷子上的米
攥起手心　　老女儿停止小便
即将放映恐怖片的电影院　　关闭了出口
这场暴风雨　　来自西边的天空
雨水　　雷和风　　内容与革命完全不同
但会使经历过的人　　记起那些　　倒胃口的词

又是一声爆雷穿堂而过　　一家人置换了心事
像是　　即将被押赴刑场的同志　　换上了干净的白衬衣
像是　　1966 年的某一天　　暴力像雨一样密集
横扫地毯　　刹那间　　庸俗的小市民家庭
关于裙子式样的争论　　关于鸭子的吃法　　关于番茄
的味道　　都成为证据　　罪行　　把柄
在花朵　　唇膏　　中耳炎和书籍之间
盛开着暴风雨

窗帘首先被检举　　它们四散奔逃
从一个角到另一个角　　成为暴徒的鞭子
但花瓶却显出一种娼妓的表情　　随遇而安

向暴行敞开着私处　穿衣镜忽然间
拔出藏匿多年的菜刀　劈下了台灯的面罩
风的前蹄在瓶子和洗脸盆之间碰撞而过
在卧室的最深处　被衣柜坚决地挡回来
但双人床附近的秘密　已经被揭发　私房话暴露无遗
能够反光的都闪成一片　玻璃粉碎　黑暗君临
暴雨轰鸣　就像成千上万的脚步　呼啸着跑过广场
就像二十年前那次红卫兵的抄家　深入内脏
寓所乱成一团　照片上暴卒的亲属　尖叫着

世俗的星期六　正在为一只汽锅鸡的诞生　喜悦
被夏天的一场雷阵雨　毁掉了　硬起来的心
离开了休假　返回街垒　严阵以待
这不是革命的"暴风雨"　一切只和气象有关
"降雨量80毫米　西北风5级"
但他们无法正确对待　他们情绪抵触
他们的感官已经被那个时代的知识
改造成　某些词汇的容器
可怜的人们　再也无法　把象征
还原成雨的一种　去体验

在外面　闪电以革命的力度
扫过大地　光芒如铁　齐整　暴戾
像一个阶级镇压另一个阶级
但它们不能推翻任何事物
世界潮湿　然后干掉
成为水果的成为水果
成为河流的成为河流
黑暗中　街面闪起晴朗的光芒
被这场雨滞留在屋檐下的人们
抖去眉头上的水珠　开始走动

1999.7.16 昆明

害 怕

庞德　我们经常在巴黎风格的酒吧
喝咖啡　聊天　比萨的天气　杭州的
丝绸和庙宇　抱怨着这世界　是一个
小人的集中营　话题常常涉及　历史
革命和当代政治　我们同意　恐惧
有来自时代的　有来自"黑暗中的"　来自
制度的　也有来自图书馆的　最大的恐惧
来自裙子　你眨了眨眼睛　呷了一口　啤酒
我们大笑着交流　彼此在春天遭遇的韵事
阅读《国家地理》　但从不骑马　据此想象
金沙江的杜鹃花　有黄色的短腿　就是全世界
只剩下水泥厂的灰色平台和牛皮纸袋　我们
也可以看见诗歌　你诡秘地说　其实通往
上帝花名册的小路　只是一截家里用的
电话线　"不要告诉那些傻 B！"　你掌握着
希腊的三千个典故　我藏着一把唐朝的
梳子　剃光头　把自己打扮得　像是囚犯
然后去沙龙　朗诵新作　办地下刊物　收罗
语言学的小叛徒　像宇宙飞船那样　我们无所
畏惧　目空一切　小母牛翻跟斗　一个牛 B
接着另一个牛 B　支持绝育　尊重同性恋者
反对议会　歌颂梅毒和"切"　在灯光明亮的
玩具市场　嘲笑塑料仿造的老虎　那么难看！
眼前一亮　灵感长着翅膀　湿漉漉地落在
地铁的鼻孔上　像帝王那样傲慢　我们穿过
故宫　在凯旋门附近　向守门的　询问去罗马的
轮船　诗人　我和你　只有一点小小的
不同　常常羞于启齿
我属于二十世纪最后一批　亲眼
见过豹子的土著　之一
我曾经　在云南山区　一处
松树林的背后　遇见那会吃人的家伙

在二十米开外　花糊糊的一团
裹着两粒钻石　阴森的光源
在黄昏中转过来
照到我　只是一秒钟
我吓得小便失禁　裤裆湿透
拔腿就跑
我知道　害怕是什么

2001.2.8

披　肩

她诗写得好　在首都的诗歌人口中
不是第一也数第三　白天总是睡死掉
醒来　抽一口烟　又要睡了　夜晚她眼珠放大
脖子伸长　嗓子变硬　周身释放着性生活的烟雾
令马匹和狮子虚荣不已　代表团马达轰鸣要去见国王了
她还在试红皮鞋　找短裤　照镜子　抹口红
系丝带　整理第21缕头发　扮酷　刚刚在大街上　还在
说着普拉斯的死　样子虔诚　一进时装店　表情就不对了
呼吸急促　嘴唇发紫　全然不顾外边的代表团衣冠楚楚
忘记了诗歌的使命　忘记了李白的教导　都去他妈的吧
小贱人只要一件立即令她变成妖怪的衣服
连母亲都不认了　抢前一步　一把抓住最后一件
印度产的小汗衫　就像抓住了寻欢作乐　不负责任的
一生　女作者搞不清副词介词　但决不会搞错了 S
（小号）　她要的东西只有上帝知道　今天要买的是一个
包　军用的　明天看上一块布　印着"切"　下午
令她窒息的是一根项链　产自南非　死者骨头做的
8 号那天想象着自己是朴素的牧羊女　9 号的灵感
来自肚皮舞　只寻思着怎么才够性感　迷人　妖娆
淫荡　上半身要迷惑　下半身要清楚　她最崇拜的女人
是金瓶梅　梦露　波姬·小丝　但不喜欢西门庆
告密者说她和他一家三代都搞过　老当益壮的父亲

教外语的叔叔　当飞行员的表哥　仪表堂堂的三舅
他的歌手弟弟　还有门卫　骑士　医生　摇滚乐队
每个人都很幸福　说自己是第一次　也对的　就像
她偶尔也操一把诗　一个秋天乱搞了 20 多首
首首都好　残酷　痛快　在女诗人和女妖精之间
她更多考虑的是　怎么成为后者　她勾引　她玩弄
她投入　她肤浅　她容易上手　动不动就坠入情网
死过去又活过来　她浑身是水　就这样也要在诗坛上
混　令国家的诗人们　愤怒不已　私下议论
纯洁的乳房里盛满了酸奶　她永远不喂奶
不开会　不洗尿布　不做主编　她快乐地吸着毒
害怕警棍　害怕单位　害怕漫长的夜晚　一个人睡
这种人怎么可以呆在我们的诗歌队伍里　团长说
大学女生可以写　良家妇女可以写　待字闺中的可以写
凭什么我不能　回头一笑百媚生　灵魂从不轻易示人
瘦削的肩头下　暗藏着一条大理石的披肩
屁股一扭　小花包一颠一颠　里面装着血汗钱　和一部
诗　头也不回　飞掉了

2002.8

宿　命

我们是如此不同的诗人
姓氏　年纪　样子　走路的姿势
她轻如猫　我貌似熊　他总是
像一堵墙在移动　我在昆明　他在陕西
她在华北　各距五百公里　他要啃肉的时候
我要吃水果　她去卫生间　看着镜子
轻轻地喝下一杯凉水　她抽烟　子宫原封未动
他做过胆囊切除　嗓门里永远装载着歌剧一部
我耳朵笨　酷爱着游泳　我们是如此不同
与那个诗坛　也划清了界限　不学理论
不参加朗诵　不使用形容词　不抒情

不参加评奖　谈吐和举止都习惯在地下
早已背叛了父母　老师　同学　背叛了
教材和刊物　几乎拿不到身份证　经常被
怀疑　被检举　被教育　自知才华横溢
也不想为什么什么的争光了　二十年前
为了脱离群众　成为一个与众不同的老鼠
我甚至自己放血　沿着单人床徐徐倒下
把玻璃试管捏得粉碎　多少个疯狂的夜晚　我们
自我改造　洗心革面　对着铁嚓叫　叫天天不应
我们成为性情乖戾的叛徒　另类　杂种和贱货
在阴暗的角落里弹冠相庆　同病相怜
情同手足　我们风格对立　彼此藐视
互相攻讦　我们分道扬镳　不共戴天
到最后　我们都要在一部
叫做汉语的大书里　集合
头枕大地　面对星空
永远长眠

2002.8

答伦敦《玻璃杂志》俞洋问

于坚

俞洋: 在中国"文革"这段特定的历史时期里,诗歌的形式和内容都是单一而有局限性的所谓"毛氏"诗歌。这种特定的时代背景和诗歌"风格",对您在诗歌创作上有什么影响吗?

于坚: 这种诗歌对我影响有限。我青年时期是从学习中国古典诗歌开始诗歌写作的。我父亲是中国古典诗词的爱好者和自得其乐的作者。在我初中的时候,中学语文只教毛氏诗词,这些都激发了我对古典诗歌的兴趣。当我开始热衷写诗的时候,我通过地下渠道得到中国古典诗人的作品来学习写作,当时除了毛泽东和鲁迅,几乎所有的文学典籍都是禁书。在中国外省,现代文学的影响相当有限,古典诗词在民间社会依然有深厚的影响,学习诗歌一般还是走古代的路子,我早年学习诗歌的方式是传统的,倚靠大量背诵经典诗人的原作、背诵平仄格律。我最初的诗歌作品是填词,写律诗、绝句。官方新诗我也零星读过,但在 1973 年,我读到惠特曼的《草叶集》,发现了一个令我激动的源头,"文革"流行的那种非人性的政治说教诗给我的微弱印象就烟消云散了,我开始了新诗的写作。持续到今天对我影响最持久的还是中国古典诗歌。

俞洋: "文革"以后,作家们重新获得了自由创作的权利,您可不可以描述一下中国作家在上世纪 80 年代时,是经历着什么样的一种写作气氛?

于坚：80年代是五四以降中国最伟大的时代之一。这是一个思想者云集，热烈追求真理的时代。被"文革"压抑的中国天才，厚积薄发，喷薄而出。那时候中国有无数的地下文学沙龙、哲学沙龙，我记得我经常握着手稿在昆明街道上走，我随时会碰到另一位诗人。这个城市里有许多文学上的知音，黑暗时代秘密的地下阅读，使他们具有以经典作品为标准的判断力和修养。那时代危险的地下阅读前无古人，阅读一方面是自我修养，一方面也是履行传播真理的责任。我记得我在70年代阅读的许多西方长篇小说，都曾经凭记忆口述给读不到这些书的朋友、同事听。把雨果的《九三年》用自己的话讲一遍，可以讲一个星期。我记得我和我的诗人朋友在大街上奔走谈论诗歌直到黎明。那是一个交流、讨论、探索和创造的时代，大家一见如故，惺惺相惜。街道上汽车很少，可以在街心高谈阔论。正如卡夫卡在布拉格的街区所做的，我们也整日在《尚义街6号》争论褒贬彼此的作品，谈论哲学、音乐、绘画、电影等等，这是我们主要话题，那是一个地下的文学小沙龙，有七八个人。那是我的十九世纪。

尼采在《人性的，太人性的》一书中说"也许天才的产生只是在人类一段有限的时期中，……它们为自己的产生而要求属于过去某个时代的相当特定的条件……这时候一种非同寻常的长时间积聚的意志力例外地通过遗传而将自己转到精神目标上。当这样的疯狂和干劲不再得到大力培养的时候，那种高度的才智也将消失。""文革"对中国自由思想的高压，那种长时间的"疯狂和干劲"恰恰也积聚了一种地下的精神力量，80年代是一个爆发期。那是我一生所经历的最有思想最有文学氛围的时代，中国世界依然静止，但精神世界变化、飞越、突破。我的感觉是我是在李白、杜甫、曹雪芹、乔伊斯、贝克特、艾略特、奥顿、普鲁斯特……的时代中写作。我的意思是，写作是一个自由思想、创造、实验的高端，而日常生活的封闭、清贫使你有大量时间沉思默想、精雕细刻。昆明依然是故乡，明清时代的建筑、法国风格的街区依然如故，散发着历史的霉味，梧桐树叶在秋天飘向故乡大地，给我一种地久天长的幻觉。中国现代化的大规模拆迁和"以货币重估一切价值"的大风暴还只是天边的乌云。

那个时代太乌托邦了，太理想主义了，今天回顾起来就像是一个梦。"文革"时代"长时间积聚的意志力"，深究起来，主要是来自一种对"未来"的渴望，对"生活在别处"和彼岸的向往。80年代也是一个迷信"生活在别处的"时代，"未来"被视为摆脱噩梦的救星。"长时间积聚的意志力"缺乏对存在的意识，它并没有成为一种"宗教感情"。比如中世纪"长时间积聚的意志力"，它导致了文艺复兴，但是文艺复兴，并不是对未来的盲目投奔，而是对欧洲自希腊以来历史的深刻反省，并在希腊思想中寻获创造历史的动力。80年代中国并没有全面地朝向过去反省历史，对"文革"的反省相当有限，对更久远的中国历史依然是五四以来的否定态度，当现代化的铁流席卷的时候，一切都毫无抵抗地被裹挟而去。

俞洋：人们往往对学院派的诗歌作品和民间的诗歌作品有所争议，您对这个有什么看法呢？

于坚：学院派和民间的争论其实与中国特定的人文环境有密切关系。它与其他地方的此类争论不同，它更多的是一种诗歌话语权的争论。是诗人和诗歌批评家之间的争论。学院在中国具有行政性质，它对话语权的垄断是制度性的。诗歌批评家大多在学院。民间和学院争论首先是谁来制定诗歌标准的问题。90年代，学院某些教授通过国家文学史的公信力和权威性开始编订圈子化的诗歌选本和文学史，民间哗然，质疑之声不绝，这是争论的起因。如果理解为那是阿什伯里与布考茨基的争论那就很可笑。这其实是80年代以来起源于民间的先锋派诗歌对主流文化之拒绝的继续。

大多数诗人在学院以外，对于诗人来说，民间与学院的区分很勉强。就对主流文化所造成的压抑感来说，所有的先锋派诗人都是民间的，无论他们身在学院与否。口语和书面语，更重视西方文化的影响还是更重视中国经验和传统，导致诗人们在文本中处理知识和历史的手段侧重不同，这也许是争议所在，但具体到每个诗人的全部作品，我以为中国今天很难说谁是民间或者学院的。中国有"通"的传统，被确定为某种单一的可以归类的风格，诗人们大约不以为是对自己写作的褒扬。

俞洋：现代中国作家对诗歌持有越来越多的现代派的态度，您对这种现代派的态度有什么看法呢？

于坚：在80年代，现代派是一种时髦和另类。今天，现代派在中国写作中是一种存在，甚至已经有些过时、陈旧、传统化了。现代派也是一种意识形态，我以为这不是写作的目的，石涛大师说"笔墨当随时代"，他强调的是笔墨，但是"笔墨"要写出的恰恰是那种"不随时代"的东西。现代派诗歌从胡适们开始发展到今天，已经是汉语写作的一种合法存在，它不再是时髦了，它有自己的小传统，而且继续在深刻地影响着汉语写作。我以为现代派与其他写作形式一样，只是要保持汉语的活力，在当代的现场招魂，通过汉语的创造保持当下与永恒的联系，"文章为天地立心"，这是任何现代派也不能将其"现代"或"后现代"的。

俞洋：在您的文章，"中国当代诗歌的民间传统"里，您指出中国当代文学的起始是来自于地下文学和 70 年代里的一些非官方出版物，您可不可以对这个说法再详细的解释一下？

于坚：70 年代官方文坛没有文学只有宣传。文学样式的宣传并非文学，"文章为天地立心"，而不是意识形态的形象思维。写作是人类精神生活中最高的自由，没有这种自由就不会有文明，孔子、老子、庄子、耶稣、释迦牟尼……都是自由写作最伟大的作者。如果文学要通过强权才存在，那还是文学吗？

真正的文学，古典经验中我们以为的那种文学在 70 年代只存在于民间手稿、日记本和地下刊物中。例如《今天》，我在 70 年代末看到这本地下刊物，眼前一亮，我阅读经验中的那种文学复活了。时过境迁，三十年后，我们也看到，当年那些所谓的"文学"今天在哪里呢？倒是《今天》的诗歌，比如北岛、芒克……依然活着。

文学不是政治，它不会像政治那样在某个会议后开始，例如三中全会之后。文学一直存在，只是它有时候在黑暗里，有时候在亮处。在 70 年代，北岛在写诗，我在写诗，我们只是没有发表罢了。那时代的发表方式像古代一样，在民间流传，好诗会不胫而走。我记得我 1975 年的某日坐在遥远的云南高原某家工厂的一堆锈铁轨上，读到来自北京的抄在信笺上的食指的诗，很震撼，那种感受是很危险也很幸运。所谓中国当代文学开始于地下刊物，这个"开始"的意思是一直存在，只是突然间被国家政治释放了。

他体会过自由，明白善的意义

——于坚文化心态略论

朵渔

　　前年秋天，老于从西方云游归来，在我家中小住。酒酣耳热之际，我们曾争论过一个话题：就现实问题，我提倡"直接说"，他表示很担心。我的意思是，该说的你就说嘛，这是你的权利，绕那么多圈子干什么？ 我为此写过一篇小文：《无尽的反讽是一种消磨》。在目前的社会情态下，我们似乎与黑暗中的捕手达成了一项契约：你知我知，大家心知肚明，就是不能说透。它隐含的意思是，你可以这么认为，但你不能明说，如果你直接说出了，你就犯规了，就要承受代价。如果彼此双方接受了这项契约，那就意味着我们是在一种不自由的情态下创作的，我们不愿意为此付出代价，并接受了一个犬儒的命运。

　　诗人要不要就现实说话，从来都是鸡鸭争鸣，纠缠不清。我们暂且站在鸡这一边——对于那些赞成"介入现实"的诗人而言，到底该如何说话。事实上，即便那些口口声声"诗歌与现实无关"论者，如果你批评他们"犬儒"，他们也觉得很委屈。北岛曾隔海狠批大陆诗人"犬儒化"，有些诗人就表现得很委屈，认为自己该说的都说了。问题是，你说什么啦？一句话绕八道弯，到底是想让人明白还是想让人糊涂？你那点优雅的转体、带唾沫味儿的俏皮话真的很高明吗？赫塔•米勒有些愤慨地指出，在独裁统治下，欣赏俏皮的、几乎天衣无缝的幽默，也意味着美化它的离题。"无望中诞生的幽默，绝望之处生出的噱头，模糊了娱乐与羞耻之间的界限。幽默需要出人意料的高潮，只有不留情面才会引人入胜，绽放言语的光芒。"（《每一句话都坐着别的眼睛》）

　　事实上，没有人真的就认为诗歌是一种对现实政治的直接干预，诗歌阻挡不了坦克，这是一种你被迫接受的常识。但在被金钱和权力牢牢控制的世界一体化面前，在体制矛盾日益加深的日常世界里，诗歌，作为一种艺术创造，将为我们提供一种新的希望，这正是我们所期颐的诗歌伦理。在表层意义上，诚如萨特所言：尽管文学是文学，道德是道德，在美学必需的深处，我们也感到了道德的必需。如果你感受不到也没关系，因为从本质上来说，诗歌本身就带有政治性，它反对的是"全球化的强制普遍性，金钱和权力的强制普遍性"，它是"人的解放的一部分"。（阿兰·巴丢语）

老于向来"拒绝隐喻"，事实上他差不多是在"直接说"了，无论是诗之内还是诗之外。但他不乐于承认。我有时觉得，他的担心只是出于一种生理本能，那是历史阴影和人生阅历埋在他体内的一根引线。在诗歌之外自不必说，他在很多场合都在以"诗人"的身份发言，并试图把诗歌重新纳入公共话语的范畴。在诗之内，他的言说方式也近乎杜甫的"三吏三别"。读他近几年的作品，很多"歌行体"，涉及环保、拆迁、日常暴政等等，近乎小型诗史。他保持了他一贯的"浅白"风格，知无不言，言无不尽，滔滔不绝。这种风格也为他带来很多风议——当一个诗人一览无遗地坦白自己时，他的读者总是在智力上不买账。尼采曾讲过两类作家：才思敏捷的作家的不幸在于人们认为他们很肤浅，因为读他们的作品不必花费什么力气；而思路不清晰的作家的运气则在于读者费尽心力读他们的书，并将他自己努力中的乐趣归于他们。所谓"写得清楚的拥有读者，写的模糊的拥有评论家"，这是双重的误会。老于的作品有亲和力，风格近乎浅白，但"浅白"绝非肤浅，事实上他有其清晰的文化立场和深意寄焉。而那些风格晦涩的诗人，其实也易于招人嫉恨，因为他们总是显得高高在上，不仅在姿态上、更是在智力上羞辱他的读者。

诗人的晦涩风格仅仅是一种个人趣味，还是有其诗学本源？本雅明在《论趣味》一文中给出了一个很有意思的答案。他说手艺人在面对买主的时候，总是希望买主对产品一无所知，因为这样更有利可图。如何诱惑和蒙骗买主？最好是加强商品表面的繁复程度，让其沐浴在一层"神秘之光"里。随着顾客专门知识的衰退，趣味的重要性就更加重要。"对于顾客来说，趣味以一种繁复的方式掩盖了他自己缺乏行家眼光的事实，而对厂家来说，趣味给消费带来新鲜的刺激，给消费者带来满足感，从而消除了他的其他要求。"文学上的"为艺术而艺术"反映出来的正是这种变化。"为艺术而艺术"者其实并没有什么急切的东西想要表达，他最多也就是想把自己带入语言，"包括他自己的小怪癖、小精妙，和他天性上那些根本称不出分量的东西"。当一个诗人从一切具体的经验里抽身出来，他也就只能在一些词语中挑挑拣拣，制造表面的、繁复的、所谓的"语言炼金术"。"要把生产活动建立在这种退场的基础上，就会遇到具体的、难以逾越的困难。正是这些困难将马拉美的诗变成了神秘晦涩的诗。"

事实上不仅是风格晦涩的诗，包括很多披着理论外衣的口水诗、复古诗、神性诗,都是一种建基于"趣味"基础之上的空心诗。老于反对这种空心化,他总是有话要说。当他开口说话,他的文化立场就近乎于保守主义。保守和守旧不同。守旧是认为有"旧"可守,存在着一个可资缅怀的"黄金时代"。保守主义的对立面是激进主义,激进者常认为生活在别处,"黄金在天上舞蹈"。保守主义者则认为,从来就没有黄金时代,过去不曾有,未来也不会有。因此保守主义者强调经验、强调常识,强调具体特定的事情,对抽象的、先验的原则充满质疑。保守主义在哲学上具有浓厚的怀疑主义色彩。他们在"进步"面前会非常审慎,不喜欢"干大事","做大做强",也轻易不会干出类似"断裂"那样的事情。他们宁愿把自己的思想建立在经验和现实之上,相信秩序、正义和自由是漫长而痛苦的社会经验的产物。尽可能避免对它进行釜底抽薪的改造。因此他们天生不是革命者。革命者往往建基于飞扬的浪漫主义之上,"浪漫主义,那是革命。革命针对的对象是什么呢?显然是一切。"保守主义则是一定程度的传统主义加上古典自由主义的融合,而且随着时代之变迁以及保守内容的不同,保守主义者总是变动不居的。"我们在春天和夏天是改革者,在秋天和冬天却成了守旧派。我们在早晨是改革者,在夜晚是保守者。"(爱默生语)

全球化为我们带来的一个困境是,我们被一种抽象的普遍性牢牢控制着,"金钱的普遍性,信息的普遍性和权力的普遍性。这就是今天的普遍性"。(巴丢语)艺术如何靠自己的创造来打破这种普遍性?巴丢说:"我的立场是,今天的艺术创造应该提出一种新的普遍性,不仅表达社群的本性,而且,艺术创造有必要为我们,为共有的人的状况,提供某种新的普遍性,我把它称之为真理。"巴丢所言的艺术真理,是一种知觉或感性的真理,是"知觉转化成了理念的一个事件",是"关于在世的感性经验的一项主张"。艺术正是靠这种新的创造,来对抗全球化所带来的抽象普遍性。在此意义上,艺术是人的解放的一部分。

尼采为欧洲人的幻灭感开出的药方是,把艺术作为人所固有的形而上活动,即通过艺术赋予本无意义的世界和人生以一种形而上的意义。尼采的艺术学不是美学而是生命学,在面对世界信仰的破产时,我们还能够设法将我们的人生骄傲地看作是我们自己的创造,就像看待一件自创的艺术品一样看待人生,只有这样,生存对我们来说才是可承受的。换一种说法,面对永恒循环的生命,人通过艺术创造而具有了双重身份:人既是大自然的艺术品,又是艺术家;既是被造之物,又是创造者;既渺小,又伟大。面对空虚无聊、缺乏深度、处于"拔根"状态的时代精神状况,尼采呼吁欧洲向古代希腊人学习,去那里寻找一种真正有价值的、有生命力的、本源性的东西，以此来对抗弥漫欧洲的虚无主义。

老于是贴着"先锋"的标签被主流诗坛接受的。直到世纪末，一个早已熟透的中年诗人还被称作"青年先锋诗人"，这让人情何以堪。我们这里缺少一种老年诗人的典型形象，多的是早夭的才子，激烈的反叛者和先锋派，却没有一个清明澄澈、老而弥坚、"老来诗篇浑漫与"的老年诗人形象。真正伟大的诗人，是可以贯穿一生的。当现代汉语诗歌有了它的老年形象，才算有了一个完整的传统。一个诗人，要像杜甫那样完成自己一生的形象，是很难的。章太炎曾说，李翱后来师事药山，韩愈后来师事大癫，都是晚年落魄意气颓唐之举。很多诗人，一过中年，便无足观，大概也是在精神上没有挺住吧。老于的"中年变法"，既是一种文化自觉，也是人生历练的自然反应。人过中年，已将人生的巨石推到山顶，幻灭感和焦虑感便会油然而生。这个时刻，挺住的确意味着一切。稍有颓唐，人生的巨石便会滚下山去。艺术作为一种自救的良药，其疗效完全在于甘苦自知，挺不住的概率极高。新世纪以来，老于开始有意识地亲近传统文化的源头活水，并声称"先锋也可以是后退"。后退，就是要摒弃弥漫于二十世纪的革命思维，回到常识和中道上来。轻言传统是很危险的，尤其是在这种全球化的时代，传统往往意味着一双民族主义的小脚。老于有一种"气吞山河"的气势，他试图将中与西、传统与现代吞到胃里强行消化。这很容易导致一种风格上的消化不良症，满嘴的腐臭真比青春痘还让人难堪。看看那些浑身雕饰着传统意象的嗜古患者，就不难明白。章太炎曾论韩柳：韩才气大，我们没见他的雕琢气；柳才气小，就不能掩饰。老于的确有很强的消化能力，愣是六经注我，别开生面。加之他多变的题材和风格，这条路让他走活了。

老于推崇常识和经验，贬斥抽象的口号。"别说得那么抽象吧／永恒具体得很／不必去瞻仰浩瀚星空／就数数脚下的沙子／捧一把置于掌心　叹口气／沾些口水　一粒接着一粒请点数　哲人"（《便条集：在沙漠与绿洲之间6》）。对日常生活世界的亲近，与自然和家国情怀的融合，使他保持了很好的常识感。他是他那一代诗人里尚未泯灭纯洁之心的少有的诗人之一。在知识来源上，老于有一种重返古典轴心的雄心。他热爱古代文化，尤其是作为源头活水的诸子群经。最近些年来，"为天地立心"越发成为他念兹在兹的文化理念。这使他的诗歌经验越发驳杂起来。他有时会动用日常生活的经验，观察日常世界："妈妈老啦／这一辈子她织过无数毛衣／有些合我的身段／有些被异乡人穿走"（《妈妈老啦》）；有时又会用一种旷古的眼光来打量世界："他来自傲慢的大陆／五千年的历史足以令他在掏出护照时／慢条斯理　庇护者河流纵横／高原上埋着陶罐　有些花纹的含义至今未破／落日下的平原也是金黄的／巴比松画派从未调出过这种色"
(《入境遭遇》);有时他在低处,从大海里捞盐;有时又在高原:"高于大地
领导亚细亚之灰／披着袍　苍茫的国王站在西双版纳和老挝边缘"(《大
象》)。老于是将几种视角有效地综合在自己身上,让他的诗作变得不古不
俗,不偏不狭。如果一个诗人仅用一种视角来写诗,很容易陷入自我的窠臼
里出不来,在自我营造的风格里孤芳自赏,不再接纳异质的东西。一旦如
此,他也就固步自封,难以为继了。

　　新时期以来,汉语诗歌基本上是一种亦步亦趋的学步状态,好像一步
跟不上就步步跟不上。这种"进步"心态就是"没有最新,只有更新",不是最
新的,肯定就不是最好的或最高级的。所谓"新诗—现代诗—当代诗"的阶
梯式划分,大概就是这么来的。求新求变带来的副作用大概就是立足不稳,
空心化,游戏化。写作不是立其诚,而是哗众取宠了。面对"被先锋耗尽的诗
歌",老于采取的策略是:不跟了。他的"后退"姿态大概就是这么来的。他想
去求取那种最根本的东西——"道",并试图在日常世界中"道成肉身"。这
个"道",与历次"文艺复兴"冲动所求取的那个东西差不多,并未偏离我们
传统的"道统"。表现在风格上,虽有别于传统诗教的"温柔敦厚",但也接近
于"中道"。广大,中正,不偏不倚。"正声何微茫,哀怨起骚人",求其正声,
这大概就是老于的理想境界吧。

　　从个人性情上说,老于其实是三分杜,七分李。他诗歌中飞扬的部
分——也就是浪漫主义的东西更多一些。他虽自称"像俗人一样生活",却
要求"像上帝一样思考";他明知"识时务者为俊杰",却经常"仰天大笑出门
去";他可以写到尘埃里,但调子永远起得很高;他时常会在一些很具体的
事物上入神,却又会在世俗生活中神不守舍。他一方面强调汉语诗歌的"汉
语性",试图保持一种客观、清明、冷静的风格,一方面又对那种原始的、神
秘的、粗野的东西充满好奇。保守主义者往往对浪漫主义——无论是革命
浪漫主义还是青春浪漫主义——都无好感,而且充满芥蒂。在某种程度上,
飞扬的浪漫主义就是对"中道"的偏离。如果严守"子不语怪力乱神"的传统
诗教,对浪漫主义的排斥是很自然的。强调秩序、自我克制和纪律的老歌德
就从未对浪漫主义施以援手,在他生命的最后时刻还说:"浪漫主义是病态
的,古典主义是健康的。"即便如此,歌德依然被视为浪漫主义的父执,因为
他的《威廉·迈斯特》。老于也在将他性情中的浪漫主义和他文化心态上的
古典主义做一种有效的中和。事实上,保守主义与浪漫主义并无矛盾。保守
主义者保守那些传统中普世的、恒久的、有价值的东西,尤其是个人自由;
浪漫主义的最终结局也是自由主义,是宽容,是行为得体以及对于不完美

生活的体谅,是理性的自我理解的一定程度的增强。在此意义上,二者又殊途同归于自由主义。

现在谈起浪漫主义来,总让人心怀疑虑,因为我们经历过一个不太成功的才子佳人般的浪漫主义幼稚期,以及被意识形态吞噬掉的革命浪漫主义时期。加之我们还有一个"诗歌进步"观,很多诗人都讳言"浪漫主义",似乎一浪漫主义就将自己十九世纪化了。这是对浪漫主义的误解。以赛亚•伯林曾以其令人销魂的咏叹调般的才思,为浪漫主义下过一个定义:

> 浪漫主义是原始的、粗野的,它是青春,是自然的人对于生活丰富的感知,但它也是病弱苍白的,是热病、是疾病、是堕落,是世纪病,是美丽的无情女子,是死亡之舞,其实就是死亡本身。是雪莱描绘的彩色玻璃的圆屋顶,也是他永恒的白色光芒,是生活斑斓的丰富,是生活的丰盈,是不可穷尽的多样性,是骚动、暴力、冲突、混沌;它又是安详,是大写的"我是"的合一,是自然秩序的和谐一致,是天穹的音乐,是融入永恒的无所不包的精神。它是陌生的、异国情调的、奇异的、神秘的、超自然的;是废墟,是月光,是中世纪的城堡,是狩猎的号角,是精灵,是巨人,是狮身鹫首的怪兽,是飞瀑,是弗洛斯河上古老的磨坊,是黑暗和黑暗的力量,是幽灵,是吸血鬼,是不可名状的恐惧,是非理性,是不可言说的东西。它又是令人感到亲切的,是对自己的独特传统一种熟悉的感觉,是对日常生活中愉快事物的欢悦,是习以为常的视景,是知足的、单纯的、乡村民歌的声景——是面带玫瑰红晕的田野之子的健康快乐的智慧。……它是极端的自然神秘主义,也是反自然主义的极端唯美主义;它是能量、力量、意志、青春,是自我的展现,它也是自虐、自残、自杀;它是原始的、单纯的,是自然的胸怀,是绿色的田野,是母牛的颈铃,是涓涓小溪,是无垠蓝天。然而,它也是花花公子,是打扮的欲望。……简言之,浪漫主义是统一性和多样性。它是美,也是丑;它是为艺术而艺术,也是拯救社会的工具;它是有力的,也是软弱的;它是个人的,也是集体的;它是纯洁也是堕落,是革命也是反动,是和平也是战争,是对生命的爱也是对死亡的爱。(伯林《浪漫主义的根源》)

西方浪漫主义的兴起,是对十八世纪启蒙运动的反动。一般人心目中,十八世纪是一个和谐、典雅、强调理性和科学精神的时代。那个时代的口号是:"我们正在进步,我们正在发现,我们正在摧毁古老的偏见、迷信、无知和残忍,我们正在建立某种科学,以使人们生活得幸福、自由、道德和正义。"这和我们当下何其相似。而浪漫主义者则认为,世界是神秘的,搞不定的。浪漫主义最初的父执约翰·乔治·哈曼认为，上帝不是几何学家，不是数学家，而是诗人。除了理性，人类还具有非理性的因素，存在着潜意识的深层，内心涌动着各种黑暗的力量。艺术家的职责就是将这些黑暗的、无意识的东西挖掘出来（谢林的观点）。创作就是一种知性的冒险，真正伟大的艺术家都是"非吾所知"的。凭借这种"非吾所知"的力量，艺术家才得以创造出深邃、广大的杰作。这样的艺术家近似于伟大的罪犯（狄德罗的观点）。

阿兰·巴丢在他的《当代艺术的十五个论题：怎样不做一个浪漫主义者？》一文中提出，"我认为，当代艺术的重大问题是怎样才能避免做一个浪漫主义者"。他这里所言的"浪漫主义"，其实是形式主义的浪漫主义。所谓"形式主义的浪漫主义"，就是把浪漫主义和形式主义混杂在一起，总是对新形式充满无限渴望，这事实上是对现代性的一个批判：总是求新求变，迷恋于形式的新奇。巴丢为此开出的药方是"做减法"。首先是从对形式的迷恋中后退，转而渴望某种稳定的东西，也就是对永恒的渴望。减法的第二个意思是不要迷恋有限性，不要迷恋身体、性、暴力、死亡等等黑暗的东西，因为艺术的最终命题是生的问题，而非死的问题。但他同时又在另一篇文章中指出，我们必须正视人性中那非人性的一部分，因为非人性是人性中具有创造性的那一部分。"我们必须为存在于自身之外的这种人性，为这种可怕而丰饶的非人性的因素，发明一种象征性的再现方式。我把这样的再现称为一个英雄人像。"依靠这种"英雄主义"的东西，我们的人性才能彻底清晰地呈现出来。

我们都曾经中过浪漫主义的毒。但是，眼下到处充斥着被现实拖累得气喘吁吁的叙事诗，晦涩冷漠的技术流，以及苍白无力的反讽和段子。针对这种现状，我觉得是到了重提浪漫主义的时候了。因为浪漫主义并非仅属于一个时代，它是深潜于人类心灵的东西，是激情和想象力的最高体现。当外在暴力和自身的疲软交相侵蚀时，正需要唤醒、重塑这种内在的激情与之对抗。只有这样的对抗，才堪称有尊严的对抗，才堪称个人的胜利。

2012.2

诗选 · ANTHOLOGY

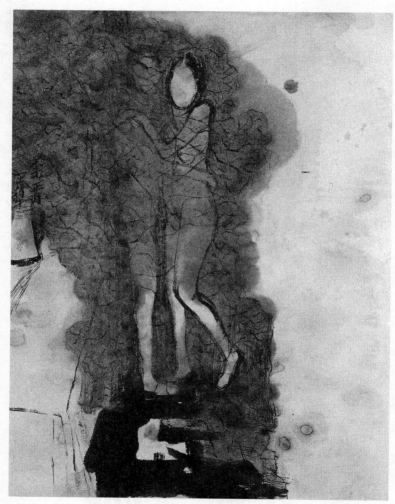

《因为诗歌》之六 46X35cm 王犁 画

潘维诗歌（6首）

西　湖

一

这黎明，这从未关爱过的表妹的宁静：
柳枝滴下枯绿，
地平线穿进针眼，把一抹霞彩
缝补在东方。

一辆手推车推着波浪。
一坛黄酒加入剩女行列。
我置身于高音 C 中，试图
颤栗，直至暗哑。

二

旗袍叉开的丹凤眼
怀抱琵琶，评弹着雨丝、浮萍
和自恋的藕香。
西湖，一张酒旗临风的招贴画。

这片湖水，从未受过惊吓，
不会发生马蹄失控、剑气四溢的混乱；
每一天，缰绳拴在苏小小的墓碑上，
风月牢固。

三

雾影凌乱，丰腴横流，
一派浮世景象。
老家办事处的清寒水光，
全凭吴侬软语支撑。

忧伤，爬满秋色，
像蜈蚣刹那启动整齐划一的木桨。
美，到了无可奈何的层面，
福分会出面做主。

四

花瓣的薄膜游向处女。
高贵只接受鲜嫩的事物。
反之，法律经权利消化后成了屎，
帝国被嗡嗡声赞美成苍蝇。

岳庙，收敛起它满腔怨愤的疲惫，
赤子般露出炎热，
并以屋脊的爆发力掠过黑夜。
阴阳一体的心跳，渗透层层汗衫。

五

而仍然，出现了一场雪灾
——断桥连接了；
从此，人仙配集体退役。
探梅的芽，缩了回去。

旅游业榨干了诗意，
空气也挂牌制币厂。
人民在楼外楼，醋鱼是山外山。
几片乌云，感动白堤。

六

西湖梦在宋词里泛滥，
柳浪闻莺最红的野花，敲亮了晚钟。
听清楚，更大一片开阔
留给了回声。

我用历史的糖果许个愿：
在湖畔，我的铜像
将矗立起龙的灵感；
等待，一张又一张宣纸穿越烟云。

　　　　　　　2011.11.18 杭州。给徐雯雯

不朽之舟
——跨湖桥遗址博物馆独木舟

博物馆一头把它的脑部扎进湘湖。
空旷的大厅适合溜冰。我知道，脚步的每次回声
都抵得过一个世纪的跨度。
斜坡、台阶、回廊不断向着某个点聚焦。
虚像中，不起眼、甚至简陋的遗址显现。
哦，强光！需通过怎样的安检才可以放任毫不谦虚的射灯
穿透水晶罩——不朽之舟，不朽在地下的中国。
它静静地，停止了滑行、腐烂，接受神话。
该如何想象，八千年前，从不理发的先人
用石斧砍下巨树，再将树心烧成黑炭，
然后弓着身，凿去多余的部分。
肌肤的砂皮足够把舟体打磨亮滑。
新石器史证明，危险在一旁静谧；窥视着
农业、纺织、制陶和村落的出现。
曙光，是否一下子涌入太多？
比猛兽还稀少的人类，
当你们划动只可容纳单身的独木舟，
为了捕捞鱼虾、猎取食物，为了去对岸

逃避雷电的追击，为了突袭别的部落；
或者，我情愿相信，是一粒意识的真菌感染了
天才，为了在浮力上控制摇摆
所产生的尖叫，一种随时可能溺毙的快乐，
他不自觉的开拓了人性的水域。

不朽之舟。来从地下的中国。
一层层剥开，贫瘠的、肥沃的、盐碱的各种泥土，
会目睹繁茂的根系强健地忙碌着。
我是其中最敏感、脆弱、无形的那根触须。
似乎，布谷鸟的啼唤、野鸭的扑扇、白鱼的跳跃魔法般长黏合起
这散架的独木舟，一颗雾蒙蒙的灵魂
划着桨。至少，在进化论里，它装载的孤独
打败了一支太平洋舰队，以及时代批发的骄傲。

2011.12.3 杭州

天目山采蘑菇

没读过五线谱的森林长满了蘑菇，
我采下一个休止符。鹅黄，有毒，急性的斑点
随暮光扩大，以至于
那尚未抵达的爱
来了。踏着单车，全身洋溢着无辜的恨。
吃惊于自己是一座水牢。
一路上，灵魂在绿叶的尖叫里穿行。
吞食这一刻，我也许会
参加通灵党；也许会飞入雄鹰的翅膀。
多少次，过期的日子
霉迹斑斑的将我制服，
水池里未清洗的碗碟又沉溺了一夜。
多少次，我用痛苦路过天目山；
用大雪，打扫干净教科书中的虚火。
直到，我在童年一样低矮、潮湿的腐殖土上，

采摘到晕眩、变异，
和对原始肉体最深切的怀恋。
狂飙已在我掌心登陆。
直到——值得。

2011.12.10

开发区

那熟雨，没押古韵，
就把一张蓝图描画在稻田里。

从超市，我取下十一月，
同时删除掉对忧伤的无限谄媚。

推土机将自然村演义成集体农庄。
新，孩童这虚拟般耀眼的新，不认识老人。

确实，机器里工作着一支物质医疗队：
鼠标，白大褂，请你服下信号的彩色胶囊。

哦，我误入了哪儿？
另类桃花源？国际体？终极罗网？

是否垂钓了白日梦？
可能不小心，我释放出了龙身蜿蜒的愿景？

深深地，比流水线的微尘
镶嵌得还精确，我承认，

所有事情，无非一台麻将：
生化学搓和了湖光山色；

或者，广告给了地球一个支点。

翻云覆雨的化妆师隐匿在聚光灯背后。

在任何时代，速度都将受到悖论的追问：
穿越本质，又如何快到慢里。

2011.12.12

杏花村

戏台上的锣鼓，
能听懂
脚步婉转、细腻的唱腔如何穿过针眼。

杜牧也明白，私生的中年，
其实，一切都在飘：
杏花、村庄、溢出的迷离。

他在池州的旅程犹如一颗病牙，摇到了外婆桥。
他可曾忆起每一个昨夜，
少女的味蕾，奋不顾身的春色。

而雨水仍发着高烧；
从嫉妒中失去的万有引力，
又似一场大雪紧搂江南的水蛇腰。

忧伤所做的一切，足够支付信用卡，
为我，另一个他，
为一股酒火，
从牢骚里开始燃起，
一直连绵成无法挽回的事情，
这时，他听到一只响雷夺眶而出。

在杏花村屋顶洒下许多醉，许多方向；
其实，一切都在飘。

只有孤独在狮子的嘴里撒娇。

2012.2.29

秋浦歌

泥地、河流,最简单的元素
刺痛了我。我的目光漫步在牛群里。
不明真相的美
丛生着,仅凭一股草根味
拯救不了现实。
伟大的痛是一根刺在肉里慢跑,
任何一秒,链接着宇宙大爆炸的瞬间,
如同,无名指上的空缺,仍是爱的一环。
桃花对我说:爱吧,
边说边做地爱,
在雨梭的经纬里编织漫天滂沱。
白云,背着帆布包
已经走远了;
我看见近在微笑。
方向变幻着树枝的风水。
从人到神只需几笔平庸——脱胎换骨。
一条龙附体结晶成钻石的矿脉。
一首歌再次涂改风景。
够了吗?就让随松涛起伏的迷雾孔雀开屏,
告诉那些不会停顿、犹豫、沉醉的视线,
如何观看
呼吸挟裹着少女静流而过。

2011.12.27

蓝蓝诗歌(11 首)

或 许

或许,应该在荒地种一垄豆角,几棵苹果树
有一些晒黑的手把它们点亮;

应该有满嘴的沙子硌碎牙齿
就在那个时刻你认出生下歌声的喉咙;

祈求这样的光荣——
被所有折磨过你的东西说出。

为此,你可以继续你土里的深刨
在那充满着谎言卵石的国度。

在骚体和四言诗衰落处

发了疯的头脑,你是一块开始慢热的锡
打算焊接所有的铁。

这扣死的盖子

你在下面轻声敲唱起汉小赋。

死亡在工作

死亡在微笑的脸上工作。
死亡在情人的嘴唇间工作。在婴儿诞生的
啼哭声中大笑,在第一朵迎春花
嫩黄的自信中工作。

死亡在工作,没有比他更尽职的家伙!

但他有永远做不完的工——既然
还有人在微笑,还有人在接吻
还有婴儿诞生,迎着他阴鸷的注视。

元旦这天的早晨
我冒着寒风走出家门,看见
路边干硬的迎春花挥舞着枝条
它挥舞!挥舞!
——被严冬所嫉妒。

边说边唱

我的诗歌毫无用处,对于那些尖塔
——我只有散沙。

写吧,读吧
就是不要哭;

笑吧,说吧
就是不要停下;

打开书,蒸上米饭
洗好菜。
把头发扎起来。

把手松开吧。

苍蝇和蚊子都在哪里过冬?
它们曾像疯子一样飞舞在水洼上
但如今那里结了冰。

人蜷缩在厚厚的掩体中
做梦,但没有梦。
说话,但没有声音。
哭泣,但没有眼泪。

对于他们
春天再也不会来,即使
在记忆中。
　　　　　——尤其
在记忆中。

感觉的早餐

对某些事物应当保持清晰的盲目。

譬如你。
我的看见在其中的黑暗里光明无比。

一开始它是一根扎进肉里的刺
后来它长成参天大树
把你举起。

一直以来，它活在
这片国土最漆黑的墓石下
平静而灼热地。

拯　救

必须有拧紧。有截断。

必须有一声短促的惨叫当手指
还未离开琴键。

美貌——必须终止。
日出——必须结束。

一团臭袜子
必须堵住山盟海誓。

你用厄运祝福希望
你用屎尿灌溉爱情。

你剥夺
你摧毁——
锻打出生命。

妊　娠

你放好一支异域移植的郁金香。
本地的蒲公英。
你摆上画布，被它吸干的激情先自
澎湃。其中有五月的叫天子
从金色麦地射出。
石竹花有着绿茎，粉红的花瓣儿。

你忽然沮丧地垂下头
双手支着下颌。

在这张巨大的镜子即将诞生之时
你犹疑于那为玻璃涂上汞银的原料

——用痛苦？
——用欢乐？
还是相反——丑陋和虚无？

当 你

当你说"我是谁"的时候
你的愿望已经像蔷薇花从头脑里被摘走
从你简陋的桌子上
连同只写了半张的稿纸。

这是死神的拿手好戏——

当你说"我是谁"的时候。

在九华山拜见宝月师父①

这条上山的路没有尽头。
浓雾吞吃前面的人。

你难道是另一个,完全陌生的？

一道山谷将我们分开。飞檐
挑出了大慈恩寺。我觉得双耳
被揪向脑后。

谁使铁梅成为宝月？谁让你寒碜的粗布棉衣
闪烁纯洁的光芒？

主持嗔怪你"笨蛋"。
这禅机我不懂。
我承认我没出息，鼻子发酸
当你举起干粗活的手拥抱我。

前年，这双手干净白皙，对着我揿下快门
在库布鲁克大峡谷。

它让我觉得自己有罪。这个江南的春天黯然。

我们下山。
浓雾更深了
只剩下一条消失的路。

注①：大慈恩寺比丘尼宝月，出家前即诗人铁梅。

卡里斯托外传

首先，她的脸从狄安娜的脸上消失
贞洁的脸，庇护和禁忌的脸。
尤其是禁忌，最鲜艳的
人们对其神秘的倒刺
从不吝啬崇高的赞美。

其次，她的手从朱诺的手下消失
天后的手，握着神圣世俗的利剪
尤其是世俗，神圣作为盛大的影子
为自己饥饿的道德铺好婚床

朱庇特,是权力合理化的混合运算
其负值却是冰冷的小熊星座。

黑色的皮毛,粗砺的爪子——
现在,"她转向所有对她有胃口的动物"

美丽赤裸的卡里斯托。

2011.5

给女人的诗

普通的厨娘不该有光芒,但她们有。

在搓衣的手上,在热情的眼神里
四季的花朵被她们的乐观照料
被她们宽大的臀部祝福
她们沉重的胸脯,喂养着家庭每日的甜蜜。

普通的妇人不该有虚无或神圣,但她们有。

所有被她们的呻吟碾过的黑暗都知道
粗大的关节和松弛的肚子
世界曾在其中诞生——为什么
要让她一人承受诅咒?
让男人颤抖的双腿,让钢铁弯曲的脖子

普通的女人不该有智慧,但她们有。
她们还有悲痛,绝望
和男人一样!

陈先发诗歌(5首)

养鹤问题

在山中,我见过柱状的鹤。
液态的、或气体的鹤。
在肃穆的杜鹃花根部蜷成一团春泥的鹤。
都缓缓地敛起翅膀。
我见过这唯一为虚构而生的飞禽
因她的白色饱含了拒绝,而在
这末世,长出了更合理的形体。

养鹤是垂死者才能玩下去的游戏。
同为少数人的宗教,写诗
却是另一码事:
这结句里的"鹤"完全可以被代替。
永不要问,代它到这世上一哭的是些什么事物。
当它哭着东,也哭着西。
哭着密室政治,也哭着街头政治。
就像今夜,在浴室排风机的轰鸣里
我久久地坐着
仿佛永不会离开这里一步。
我是个不曾养鹤也不曾杀鹤的俗人。

我知道时代赋予我的痛苦已结束了。
我披着纯白的浴衣，
从一个批判者正大踏步地赶至旁观者的位置上。

2012.4

自嘲帖

淤泥在夜间直立起来，而
上面镌刻的名字我们并不认识

这是否证明每一个活着的人，都是他与死者的
合体，而这发现将是一种新的伦理？

哦傍晚。五十个男人叼着烟散步，我听见
死掉的人混迹其中

他们嘴里塞着落叶。舌下埋着不一样的氧气。
夸张的新衣服创造了夸张的身体

这是否证明我们需要更多氧气，或者
我根本没有能力将这首诗写完？

这真叫人沮丧
自古状物都叫人沮丧

空中浮着回忆的碎木屑
我的嗓子卡在不可知里

像错觉的湖面把这张中年的脸切成两半
对称将伤害第三者

这是否证明每一首诗都不能偏离裂变的哲学，而
我却叫不出另一半？

惟有这一个拥有刀片般的自嘲
是同时照亮两张脸的灼热灯芯

2012.2

石头记

小时候我们埋伏在
榛树丛里
用石块袭击骑车的老人
那时的摩天轮归他们所有。湖水归他们所有。
而他们在十字架上，装聋作哑

如今我骑在车上。轮到你们了
胸口刺青的坏小子们
短裙下露出剪刀的姑娘们
轮到你们了
请用 hysteria①的石块击翻我。
请大把大把地，挥霍我剩下的恶名

剪刀埋伏久了
终会生出锈来
还有生着锈的教室栅栏之内
女教师在黑板上
解释着进化论，和
人生百年一醉的无用。
我看见你们无心听课
蜂拥着埋在各个街道两旁的
树丛里——

那么，好吧，请用石头瓦解这个
想脱胎换骨的人。
他快老了

拇指经常发抖
勒住这辆失控的自行车已有些吃力。
黑白相间的乱发像一座旧花园。
来吧,攻击这座逻辑的
旧花园

成长的野史蛊惑着每个人
布满世界的
石头和它泛着苦味的轨迹
我听见我细雨中的扶棺之手这样
哀求着沸腾的石块
来吧
来吧,击碎我。

注①:hysteria 常译作"歇斯底里"。

2011.12

驳詹姆斯·赖特①有关轮回的偏见

我们刚洗了澡,
坐在防波堤的长椅上。
一会儿谈谈哲学,
一会儿无聊地朝海里扔着葡萄。
我们学习哲学又栽下满山的葡萄树,
显然,
是为末日作了惊心动魄的准备

说实话我经常失眠。
这些年也有过摆脱欲望的种种努力。
现在却讲不清我是
这辆七十吨的载重卡车,还是
吊着它的那根棉线

雨后，
被弃去的葡萄千变万化。
你在人群中麻木地催促我们
向前跨出一步。"你跨出体外，
就能开出一朵花"②。
你总不至认为轮回即是找替身吧，
东方的障眼法向来拒绝第二次观看。

我们刚在甜蜜的葡萄中洗了澡，
在这根棉线断掉之前。
世界仍在大口喘着气，
蚯蚓仍将是青色的。
心存孤胆的
海浪仍在一小步一小步涌着来舔瞧石。
我写给诸位的信被塞进新的信封。

注：
①：詹姆斯·赖特 James Wright (1927-1980)，美国诗人，曾深受唐代
诗人王维的影响。
②：引自詹姆斯·赖特的《幸福》一诗。

2011.9

与吴少东杜绿绿①等聚于拉芳舍②

鹅卵石在傍晚的雨点中滚动。
多疑的天气让狗眼发红
它把鼻子抵上来
近乎哀求地看着嵌在玻璃中的我们

狗会担心我们在玻璃中溶化掉？
我们慢慢搅动勺子，向水中注入一种名叫

"伴侣"的白色粉末，
以减轻杯子的苦味。
桌子上摆着幻觉的假花——
狗走进来，
一会儿嗅嗅这儿。一会儿嗅嗅那儿。
吴少东在电话另一头低低吼着。
杜绿绿躺在云端的机舱，跟医生热烈讨论着
她的银质牙箍。
我们的孤立让彼此吃惊。惯于插科打浑或
神经质的大笑，
只为了证明
我们片刻未曾离开过这个世界。
我们从死过的地方又站了起来

这如同狗从一根绳子上
加入我们的生活。又被绳子固定在
一个假想敌的角色中。
遛狗的老头扭头呵斥了几声。
几排高大的冷杉静静地环绕着我们

不用怀疑，我们哪儿也去不了。
我们什么也做不成。
绳子终会烂在我们手中，而冷杉
将从淤泥中走出来
替代我们坐在那里，成为面目全非的另一代人。

注:
①:均为合肥籍当代诗人。
②:咖啡馆名。位于合肥市芜湖路东段。

2011.6

沈苇诗歌（7首）

继续赞美家乡就是一个罪人

池塘干涸
河道里鱼虾死绝
公路像一条巨蟒穿过稻田
印染厂、电瓶车、化工厂
纷纷搬到了家门口

镇政府圈走我们的地
两万元一亩，不许讨价还价
转身，以十二万元一亩
卖给各地来的污染企业
经济坐上了快车
餐桌上吃的多了些
所谓发展
就是挖掉我们的根
就是教人如何死得更快——
婶婶死于车祸
姑爹死于肺癌
儿时好友死于白血病
最小的表妹得了红斑狼疮……

继续赞美家乡就是一个罪人

但我总得赞美一点什么吧
那就赞美一下
家里仅剩的三棵树：
一棵苦楝
一棵冬青
一棵香樟
三个披头散发的幸存者
三个与我抱头痛哭的病人！

2012.1.11

十行：小世界

雨的播种者
沙的传教士

垂柳的伙伴
胡杨的亲戚

蚕茧的自缚者
丝路的浪荡子

纸的缝纫师
云的放羊娃

大地的异乡客
星空的守墓人

2012.1.7

叶城来信①

命轻，如叶
向东，吹到和田

向西，吹到喀什
向南，吹到阿里
向北，吹进沙漠

命薄，如叶
如葡萄叶、白杨叶
在早春泥雪中，践踏
阳光下的步行街
被砍杀的石榴，血……
十三片落叶惊飞
转瞬不见

命苦，如叶
如叶城，一池落叶
一泓悲鸣之城
——春天还会来到叶城吗
带着新叶、亡灵和轮回……

注①：2012 年 2 月 28 日，叶城发生惨剧，十三人在步行街被杀。

2012.3.3

异乡人

异乡人！行走在两种身份之间
他乡的隐形人和故乡的陌生人

远方的景物、面影，涌入眼帘
多么心爱的异乡的大地和寥廓

在异族的山冈上，你建起一座小屋
一阵风暴袭来，将它拆得七零八落

回到故乡，田野已毁村庄荒芜
孩子们驱逐你像驱逐一条老狗

你已被两个地方抛弃了
却自以为拥有两个世界

像一只又脏又破的皮球
被野蛮的脚，踢来踢去

异乡人！一手掸落仆仆风尘
一手捂紧身上和心头的裂痕

2012.3.4

在我身体的疆土上

在我身体的边界，有人种麦，有人放羊
星星散步，月亮：一个携带碎银的偷渡客

在我思想的边界，梦有一扇咿呀开合的门
仿佛海底的法螺，有时开放，有时孕育成砗磲

有多少冰与火、水与沙在我身体的疆土上流失啊
有多少良善或野蛮的王朝在我身体的波涛中沉沦啊

水鬼与木乃伊跌跌撞撞。摘去面具的人
又蒙上面纱，古老的敌意常在增添新仇旧恨

但有一个声音说："存在，是为了彼此存在。"①
我要么什么都不是，要么就是一个多民族的人

注①：保罗·策兰诗句。

2012.3.28

未被驯服的风景

背包客在梦里买下一朵浮云
获赠一匹神马、几缕清风

摄影师用长镜头逮住几颗星
为了听它们叽叽喳喳叫

他们山羊般俯身
在河上签署自己的名字

他们蜥蜴般筑居
在沙上抹去自己的来路

群山移动,像一头绵延的巨兽
未被驯服的风景,发出低低吼声

2012.3.5

故地重游
——给陈邦德大叔

滋泥泉子的韭菜依旧长势良好
想听一听毛驴叫唤的愿望却落了空
行驶在乡间,白杨树已换了几茬
在一个分岔口,汽车偏离风景
颠簸着拐进记忆……

阜康、阜康,乾隆皇上赐予的名字
哪有人民的昵称"特纳格尔"好听
我生命中的两年是和这里连在一起的

每当高音喇叭铿锵播报本县新闻
就感到一种走投无路的凄惶
县城姑娘的爱情,局促不安
在展翅之前,就像蝴蝶一样夭折了

我认识街道的荒凉、小饭馆的荒凉
流浪狗一瘸一拐的乡村小路的荒凉
黄泥土屋从内到外渗透的荒凉
一位老年鳏夫和一个青年游子
分享过一盘醋溜土豆丝
一点莫合烟,只是缺少了"干杯"
我们静坐着,从身边荡漾开去的荒凉
慢慢地,变成波涛和长夜……

转眼,二十多年过去了
如果逝去岁月酿成一杯烈酒
我要敬给土豆和种土豆的大地
如果逝去岁月变成一种贴身的暖
我愿放弃天山上的瑶池仙境

2012.4.5

廖伟棠诗歌（6首）

赞乡间旧友阿杰

你代替了我留在亏空的山水之间
和饕餮回忆的鬼下棋。
我习惯了输，你却有沉默做破阵子。
四亩三分地荒凉者在收割风妖肥胖之尾，
赞你种下一株花来，你让花喝醉。

粤西的嶙峋到此顿足，你知道，
八十年代的簑笠此刻焚毁，你知道。
你代替了我照料这一片竹林，
向漫天的战声放债——我的话你不必明白，
赞你取出我如取出竹中小儿。

台风吹破了你，早霜冻萎了你，
群犬齐吠，一吨碌石碾磨了你。
赞你仍然是胜利者，矮柑橘们的国王，
乡间婚礼的新郎，空中浪里白条，
用竹叶焊接我的昼夜之肋。

一个农民的命运，双掌摊开般的长宽，
你的幸福是自搭暖棚里花生米般的妻儿四人，

你代替了我学习了尘世之爱，
知道圣诞树的隐秘细语，我羡慕你
在苍夜寒野里你束腰自立。

赞你也将熟悉残酷，正如你一直熟悉
骤降温、无头税、稗子发疯和狼征地。
你曾告诉我邻村一个青年被强拆而死，
那土坷垃和蚂蚁议论的一切，你也听见了，
你代替了我为他削旧碑为新碑。

生肖只属于你，节气只属于你，
一年将尽这蓝色的暮色我也要向你借来，
我在拳头中烧这一个微型的故乡、这葬星之地。
赫赫，吾友，我代替你变成哑巴变成瞎子，
来日大难，你我当永记一九八三年的西河水。

2011.1.28

三里屯上空见雪

三里屯上空的飞碟就要起飞了，
但此刻，薄雪一领如哀幡，
为我重建我的北京。
它贴紧了三里屯南街的伤口捂住了汩汩黑血，
苍白的手像子夜两点的"河"搂拥着最后一个我。
我二十五岁的某一个冬夜，薄雪依旧浸湿我薄发，
巨鸦衔走了我窗台上的钥匙，
祖国母亲揍伤了我的肋骨，
我和一个白俄女子跳舞，被你宣布为叛徒。
我把手风琴折叠为醉舟，痛饮我的小号，
为艺术为爱情，我们也曾为立春哀鸣，
在铁道桥旁的篮球场领受雪的冠冕。
你嚼雪拥有了雪的温暖，
我带着一场雪像带着一个小马戏团，

与世界分道扬镳。
从此抛向空中的彩球不必落下，
走钢索的姑娘为自己盛开如花，
睡梦中的老虎不必跃过烈火，
皮埃罗先生也不必饰演我。
从长虹桥到十里堡只要十五分钟我却不再回去了，
二月二十六日晨有豕负途我愿载鬼一车
这些雪的精灵为你变化如雾，眨眼如初。
三里屯上空的飞碟就要起飞了，
我不上船在工体北门卖掉了我的船票。

2011.2.26

致失踪者

三十个小时了，你在寻找我们。
三十天了，三十年了，
一位，无数位失踪的人在寻找我们，
你们在山墅，莽原，河床留下足印，标下记号，
标出我们作为一个人的形状，标出一个
国度作为人自由呼吸的空间的形状，
磅礴如你们空出来的位置，鼓满了新雪。

此刻我们吃饭就是练习你的饥饿，
此刻我们入睡就是成为你的梦境，
此刻我们醒来就是代替你在说话，用消失的嘴巴，
而我们说话就是吐出你嘴里的血块，我们吐出
血块就是向大风击拳，我们击拳就是为了证明
我们的存在，我们存在是为了
反驳虚无的无所不能。

日子从红走到黑，又从黑走到黄，
乌鸦照旧梳头海豹照旧做爱，人照旧拥有人的名字，
但在回头时发现那个留下来伫立的自己已经不见了，

那个留下来和一堵墙辩论的自己被墙的阴影吞没了，
那个尝试把阴影卷起来放到邮包里的自己被收缴了，
那个被擦去了收件人地址的自己被放进了碎纸机，
碎片各自拿着一个锋利的偏旁。

我们仅余偏旁，顿挫，曲折，支离。我们是白桦树
满身是昨日的抗议，抗议已经成为一首诗。
让冰刀在树的梦境里一推到底，
让马儿低头看见水面上银箔似的蹄印……
早起的步行者们如群马在晨雾中消失，
雾也试探迈开四蹄踟蹰如未生之国，
它在我们当中寻找骑手。

2011.4.4 深夜

彗 星
——纪念戈麦

用一万分之一毫秒，这片鲜叶
进入了白矮星的心脏
不会更多也不会更少，汁液铸铁
这些幸存者才刚刚开始烈士的生涯。

总是这样，在我想起死亡之前
你已经死过；在我开始遗忘哀悼之味前
有犀牛走动在大泽之间，蓝木槿
在它身边摇曳如大梦将临。

九十年代是一场薄暮，夕阳血淋淋
山中少年燃着一盘猞猁雪
那些黄信纸上写的信，你都扔了
只剩下地址和邮票，邮戳像污秽的笑。

集邮者漂在洗手盆的水面上

时代拒绝给他奥尔菲斯之名
腥臭的万泉河也不会水仙盛放
当那群着石头衣的诗人嗫嚅着走过岸边。

他们不懂歌唱，毒剑之蜜已经封至喉底
那就只有你歌唱吧，你这裸如处女的星
你旋转这一捧尘埃，即使是一捧尘埃
未尝不是你书包里那绝食的小小银河系。

（你也记得的，那一年我十一岁
从上海寄来的包裹里望远镜裂成碎片
那就是彗星。你十九岁，尚未接受全部的失败
披着海东青的衣裳，对着北京的夜空傲啸）

那就是彗星。绝食者之盐。

2011.9.25

秋老虎
——致茨维塔耶娃

正午穿过草坡
烈日下看书，书上的雪哗啦啦流淌
那是老虎潜伏而至，用利舌温存我的胸腔
他如虫细鸣，最后倦睡进一弯花叶。

秋天不懂得德文，不与雨水相爱
三叶草腾起了大雾，蟋蟀王过马路
一个诗人的死总是那么清楚
她如虫细鸣，借不到一滴露珠洗脸。

老虎，老虎，那是铅一般的夜蹑起了脚步——
东涌巨大的拱廊街中冷气吹拂——
那些露出了喋喋不休的大腿的人们——

那么多人不如你，没有听到死神商略。

黄昏敛乳，如书卷使人眼盲
这庞大岛屿也和你沉默呼吸，这些火苗
不是你我可以知道。这鞑靼的夜是否熄灯
不是阁楼里的提琴手可以知道。

不是猫，而是血味更浓的
一场被悬隔在千重花纹河畔的雪。
这最后一封信字迹潦草，是蜷缩在肉垫里
磨钝的爪子吧，磨着古老的心的……

秋天辉煌了，你抱着老虎。

2011.10.20

夜 海
——写给 M.Y

这夜海送给你，
这些灯火我留下。

我是浩荡者吗，
带虎纹金错刀的人。

把没有海的星球都买下
裹紧帛衫。

现在无人是你，
你们在星空，以浪花晚餐。

这幽明一年我来结账，
白茫茫大地更干净。

2011.1.1 渡轮上

刘立杆诗歌（2首）

旅行的意义

1

寒冷渗进肺腑，
云层之上，充沛的光洒向
半完成的白色山丘。

有人猛嗅久违的煤烟，
但怎么可能？那孵出的肥鹅摇摆，
地平线破碎如毛茸茸的蛋壳。

我揿灭阅读灯。
耳蜗里，安检的黑箱鸣叫着，
等着一切重新归零。

是否该把登机牌
叼在嘴边，像踌躇的手
迟疑于日历上仅剩的那一页？

上面，一杆圆珠笔
轻率地勾消了岁末的判决。

噢，让该死的日常在别处继续吧，

逆着河流，整块
幽暗的高原被紧张的腹部
擦亮。那广袤，

对于长途飞行的怠惰，
远不及入境处
膻味的厚门帘掀起的小小骚动。

街边，几株冷杉
擎着熄灭了的火把，试图阻挡
一座城市潮水般的灯火。

但煤烟，何尝不是
一次徒劳的迁徙？那异乡人
轻舔雪花，像哑摸回忆的余烬。

灰蒙蒙的乌鲁木齐
罩着一层火山灰，我们进入
它蛋黄似的落日。

2

公路边囤积的
雪，松散如捏不成团的
干面粉，

为喷火的烟囱拉起
隔离带。钻机不知疲倦地磕头，
像拖着辫子的帝国遗老。

旷野以其平坦和耐心
过滤了这里的生活：几座

低矮的村庄，

笼罩于哞叫声的
褚石街道，还有被高压线
反复切割的旷野；而加油站的

油腻多么人性，
滴着清鼻涕的商贩在售卖
标示身后戈壁的戈壁石。

我尝试爱上这空旷，
像胡杨，更深地扎进沙砾，
或是一块滚烫的

煤，试图烧穿钢板
跳进车厢。零下二十摄氏度，
即使艰难蠕动的喉管

免于针簇的戳刺，
仍需要有一种陌生的语言
压住舌尖，才能说出

另一场大火。鼻孔
整夜烫如连续射击的枪筒。
我在待罪的床上辗转，

用湿毛巾捂住嘴。
逆流的血带着嗡嗡回声，
被放大，像封冻的额尔齐斯河。

3

一棵落叶松盐粒的
脚跟下，铅垂线校正了陡坡的

滑动——那里，滑出一队

揉身于滑雪板的
表演者，蓦然放弃了挣扎，
把自己尽可能慢地

喂给天空。短短数秒内
兀鹫被催眠，惟有它傲慢的
翅膀不屑于

这些汗涔涔的杂耍，
悬垂着，像旗杆上的旧布片，
一团带勾喙的冻云被耗尽。

观光客们马蝇般
聚集，脖颈被集合的口哨
抻长。大多数时间

他们不得不待在车上，
如同密封舱里的
偷渡者，哇吐着，祈祷新世界

尽快到来。此刻，
它就叠印在那些旅行快照上，
像一个寒噤。他们呼出的

热气正把冰原罩进
玻璃罩，车厢每颠簸一次，
就有一大片雪花飘落。

那颤动的间离效果
也唤醒了一只卡壳的手机：
信号终于从冰层里刨出来了。

这广袤，如果不能衔接
别处的一个梦……太多的雪，
看上去像浪费。

4

山坡充满眼眶，
这些倒扣的船等着拆解，
还原整座惺忪的树林。

当启明星用铆钉
焊着黎明，我们就早早启程了。
座垫上皱巴巴的旅行手册

像松脱的卷发轴，
释放出所有向后飞掠的
景物。哦，边疆，我知道

还有另一套欢迎词，
刻在旅馆剥落的水泥墙上，
刻在河湾幽蓝的细纹里。

有人在餐桌上大叫：
"羊肉在哪里！"而他
渴念的羊正赶往另一处山坡，

那里，雪花消融了
多棱的完美，瀑布般倾泻青草。
那渴念的女孩正在树下酣睡，

双颊酡红，赤裸如羊羔。
在他渴望和经验的旅行之间，
一块脂肪般吱吱响的

石头滋养着贫瘠的
日常，并预告一次解冻之苦。
随后，沉默突然到来，像狗鱼

在冰冷的湖泊里
艰难生长，沿着血管溯游。
到那时，我们会回来，

光着脚跑过山坡。
我们会摇醒那个健硕的女孩，
会笑，在她遗忘的梦里。

关于人的认识

在新疆，不止一次
我被告知：阿苏是锡伯人，
阿比拜是维吾尔人，阿依诺尔
是哈萨克人，吹苏尔的小伙
是图瓦人。还有谁，在大巴扎
推销披肩的亮眼睛女孩？
或是打尖的路边铺里，
端着拌面，朝火里啐唾沫的
回族汉子？有人飞快擦拭
满溢的泪水，她的脸
半边像新郎，半边像新娘。
而微蓝的车窗浮起近乎透明的
满月。我们是不同的：
像山坡上侧过身，小声交谈的
树——我们的痛苦
有着同一个沉默的源头。

余笑忠诗歌(7首)

哭 墙

怎样的石头
怎样的高墙
教堂只余半壁,旋即
罗马人的怒火
将它化为齑粉

怎样的双手
抚摸石头
如抚摸一扇门
不复存在之门
因此抚摸的是
另一双手,手心贴着手心
抚摸的是另一个人
光洁的额头,蒙霜的睫毛
摸到了睫毛油,摸到了灰烬
摸到了永别之前
屈膝深埋的……

在昏花的老眼看来,黎明
即已沦为黄昏

"所有的诗人都是犹太人。"
所有的高墙
都有痛哭的一面

你有不能揉掉的
眼底之沙。而哭墙
哭墙的石缝里
还会长出青草

2011.6.16

公元 70 年

罗马人毁掉了耶路撒冷
那里毁弃的殿堂，真的是
再也没有一块石头
置于另一块石头之上

古老的井台边
一个犹太姑娘
为摇晃的明月而俯身
那一夜，她宁愿明月自命不凡
将她彻底打回暗处，永远

不为人知的暗处
投身于油锅中的
一滴水珠

2011.10.7

"深邃而普遍的黑暗"

所有亮着的灯都在制造谎言
但你不会说谎，所有暗自

流下的泪水,不会……

所有亮着的灯都是赤裸的
我要你亮着,赤裸着
我也必须亮着,赤裸着

我们如此孤独。在隐语和行话中
我们愈加孤独。比如沙漠中的海盗
比如失明者眼中
最后的微光

2011.8.4

夜 歌

> 我有两个祖国:古巴和黑夜
> ——何赛·马蒂

无论饮用什么,我偏爱透明的杯子
无论深浅,一望而知
但是,在这一口和下一口之间
可以有漫长的停顿

我在这停顿中
杯中物,也在停顿中

搁在旧报纸上的几块明矾
一次次让报纸湿透
像沉默的见证者,慢慢磨损着自身

我在这黑夜中
我尾随一个哭泣的人而忘却自己
也曾哭泣
像古月、星光尾随着太阳

而在蚀骨的寒冷中呵斥
流云

2011.6.28

愤怒的葡萄

干瘪、皱缩的
我们吃，我们吃
一颗颗微缩的老脸

酿为酒液的
我们喝，我们喝
如歌中所唱：让我们热血沸腾

落在地上
任我们践踏的
我们踩，我们踩，一群醉汉起舞

当野火烈焰腾起，每个人
都有向那里投去一根木头的冲动
投掷的冲动

仿佛真有一种葡萄，叫做愤怒的葡萄

2011.10.21

燃灯者

一根蜡烛，惟有
一枝火苗
独自颤栗
不足以用来读书，但足够
用来对饮

不要那么快
就提到对泣
不要那么快就坦承:
一枝烛光,不可长久直视
——像年迈的爱犬
蹲伏在你面前
它的一双浊眼
一直看着你

怒吼、呜咽的声音止息了
惟有一枝烛光
独自颤栗,而从不会
一分为二——哪怕用一根铁针
去戳它,挑拨它

一阵剧烈的咳嗽
足以让摇曳的烛火
归于寂灭
它转而等待我们
平静的呼吸

可以端着它,缓缓爬上楼梯
那阁楼,神童与梦想家的乐园
彻夜灯火通明
如今,已空无一人

2011.12.14

诱人的排比句

一棵树被锯倒
一棵树在倒下时
决然摆脱所有羁绊

扫荡了相邻的枝枝叶叶
一棵树罪人一样倒下，自嘲
为时已晚
被砍掉枝桠
被简化为木头
被削掉寸寸肌肤
直到它服服帖帖
转而承受一切：作为餐桌，作为衣橱
作为我们屁股底下的座椅
作为爱巢，作为淫乱之床
作为一条破枪
作为镂空的器具，作为木鱼
作为纵情歌唱的音箱……
在无限多样性的排比句面前
我就像一个盲人
被一个能说会道的家伙领着
不知道他要带我去往哪里
他总是说：跟随我，我就是你的手杖

2011.12.26

凌越诗歌（4首）

我的诗神，请俯下身来

我的诗神，请俯下身来，看看这土地，
看看这土地上挥汗如雨的人们，劳作的人们，
他们太普通，不容易吸引诗神的眷顾。
可是我的诗神，你要懂得低头细察，带着母亲的慈爱。

看看在厨房里做饭的妇女，
她们的脸庞在炉火的照耀下红彤彤，多么健康。
看看在门房里打盹的保安，
夜深了，只有月光还在悄悄注视着他们。
看看在菜市场讨价还价的商贩，
他们系着围裙，被活泼的鲫鱼溅出的水花打湿了袖口，
你不觉得他们认真的模样，寄托着他们对于生活的热望？

我的诗神，再把头扭向操场：
一群学生在打篮球，他们跳跃着，奋力争抢，
几个孩子手牵手在水泥地上练习单排滑轮，
角落里一个老人面壁在做气功，神态安详，
女学生在塑胶跑道上奔跑，
她们修长的双腿还不足以引起你的艳羡？

流浪猫在马口铁皮屋顶上冻得瑟缩，
饥饿的婴儿在摇篮里哭闹，

我的诗神，你看见了吗？
你看见鬓发斑白的学者已经在台灯下写了一个通宵？
你看见农民工一家就着昏暗的灯光在打火锅吗？
你看见老妇人戴着老花眼镜在给孙儿缝补衣服吗？
我的诗神，只要低下头颅，你都会看得到。

我的诗神，或者就在随便一个地方俯下身来，
你会看见热情的泥土，带着地衣和蕨类植物渴求的目光，
在方寸之间，泥土也自有它谦逊而卑微的梦想，
你低下头，捧起一把泥土，你会闻见它的芳香，
你仔细盯着它看，你会发现它们在和阳光欢快地舞蹈，
它们袅娜的身姿只有待你静下心来，你才能看到；
你也会看见蚂蚁或者蟑螂从上面爬过，
你不会觉得瘆人，因为你会发现生命总是美丽的，
生命给这个世界带来幻影，并给泥土的静谧注入神秘。

我的诗神，请暂时抛开你的美声唱法，
给失眠的人们哼一支催眠曲。
我的诗神，请暂时把你朝思暮想的永恒放下，
这里还有许许多多短暂的生命需要你的照料。
我的诗神，请暂时脱下你朝霞的制服，
你会发现眼前粗糙的槐树皮也可以御寒，
也有一种夺人心魄的力量。
我的诗神，请向下看，你将不再孤单，
那么多人也在眼巴巴看着你，他们期待你的注视已经太久太久。

秋瑾出走

我能去哪里？一个小脚女人。
哦，奇迹中的奇迹——这样的赞赏未免轻浮。
男人的装束掩饰娇柔的身躯，
我的步履颤巍巍，负载着模糊的决心。
中秋夜凄惨的月光照临泰顺客栈的窗帷。

赏月的人，你们的快乐是否真实？
你们仰起的头颅可曾为女人低垂过？
身边的黑暗如此浓重，
满月的清辉凸显了它的哀伤。
我能去哪里？可是我要离开。

男人在妓院里左拥右抱，而女人在啜泣，
如果这就是爱情，我诅咒它。
家庭的阴影深陷在时代的子夜，
我从黑暗走到黑暗，但道路在哪里？
我的一生短促恍如诗篇的旋律，
我的一生镌刻在陈天华怒视大海的目光里。
男人都是水的囚徒吗？
他们遭水囚禁，他们在柔波里沉沦，
不再能领受我如火的眼眸。
我的一生只剩下屈辱和泪水，
我替代纯洁的爱情受苦。

我能去哪里？
如果女人为金钱的风筝线所牵引，
如果国度和男人一样堕落为孱弱的帮凶。
可是我要离开，我的小脚测算立锥之地。
我变卖嫁妆和细软，
我要远渡东洋，那里尚有干净的中国男人，
那里男人的声音有如曙光，
或许可以慰藉我将要枯死的心田。
我能去哪里？我能在哪里？我如何停留？
如果爱情是我的全部，我已经死去。

我能去哪里？我的行尸走肉，
我只看到刀的寒光——迎上去。
不是勇气，是绝望驱使我迎上去。
我的绝望来自性别的深渊，来自穷人的凶残；
我的绝望来自幸福的童年，来自珠光宝气的祝福。

时间，请为我停留，
请把我带到屈子吟咏《离骚》的江边，
请把我带到辛弃疾慷慨点兵的沙场。
我能去哪里？爱情和革命如果都虚无，
我只能溯时间之河而上。
我匹配流逝，我的归宿是爱和勇气长存之地。

我能去哪里？一个小脚女人。
从府山山麓到西泠桥畔，
请给我一座安静的坟茔，结束我的出走。
我不需要市民的敬仰，
我只愿拥抱勇士的尸骸，在大地冷寂的傲慢中。
请不要给我建造纪念碑，
我走得太远，在时间迅疾的脚步里
它笨拙的基座无法追赶。
我不需要奇迹，让我简单地走远，
我颤巍巍的小脚有如蜻蜓点水不留痕迹，
哦，男人和凶手，那是你们创造的奇迹。

雨丝纺织着记忆的纹理

雨丝纺织着记忆的纹理，
我们相拥的形象也被织入这古城的群像。
雨水的闪光是你的耳饰，
而在窗棂之外，雨声回答着你的呓语。

瓦楞上的草，窥探着女英雄的卧室。
凄惶的纪念碑追忆着故人。
在游客散尽的事迹陈列室里，
我们的嘴唇碰触在恒久的时光里。

泥土的芳香让人沉醉，
乌篷船载着鲁迅和闰土在桥下划过。

恍恍惚惚——黏稠的情愫
在江南雨季的砚台里也休想化开。

勇敢的女人，聪慧的男人——多漂亮的城市徽章。
拥抱吧，用亲吻将他们锻造在一起。
环山路上法国梧桐的浓荫将我们覆盖，
午夜，我们借助彼此的身体生起爱情的火。

开往辛亥年的火车

我是开往辛亥年的火车，
我在大地上粗野地漫游，
我代替疯狂扭动的百万条舌头在低吼。
我运载着士兵、商贾和官吏，
我把历史引入动荡和血腥的窄轨。
我在张灯结彩的正阳门车站目睹刺杀的爆炸，
我看见瘦小的官员倒伏在检票处旁的铁椅子上。

我打着响鼻，呼啸而来，
我是这大地的伤痕和疼痛。
我惊动了这埋葬尸骨之地的泥土，
我惊动了在夜间广大而凄凉的气氛里瑟缩的小镇。
我轰鸣着冲向繁星闪烁的黑夜，不真实的黑夜，
我在伴奏，而火车司机们在高声朗诵着《离骚》：
"路修远以多艰兮，腾众车使径待。
路不周以左转兮，指西海以为期。"

我是大地上永恒的桥梁，
我连接过去和现在，
我连接老迈的帝国和婴儿般孱弱的共和国。
我走到哪里，我的力量便嫁接到哪里，
山民、女人、拘谨的市民、吸食鸦片的瘾君子，
请跟我一起大胆吼叫，跟我一起放肆奔跑，

如雨的汗液将把你们洗浴为新人。
跑吧、跳吧，请追赶我铮亮的车轮。
——我培养积极的抗争。

我是开往辛亥年的火车，
我在咨议局热烈的争论中穿行，
我在死亡虚幻的激情中穿行。
我看见一张张麻木的被踩蹦过的脸庞，
我看见革命党人在呐喊，但听不见声音，
我看见总督府门前人民被排枪击毙，尸体累累。
我继续在上天的滂沱泪雨中穿行，
道路多么遥远而艰辛啊，
我是一个新手，但我有鲁莽的决不妥协的气质。

贫瘠而残酷的土地，
我将在你衣不蔽体的胸膛上流浪，
无论你是谁，请和我一起流浪，
大地永不疲倦，发亮的活塞永不疲倦，
矮墩墩的烟囱里冒出短促的烟。
携带着被压抑的力量和被戕害的美，
我们一起上路，树木为我们鼓掌，
荒野为我们铺下整洁的床单。
我们在昏睡中依然前行，
日月牵引着我——谁能阻挡秒针温柔的旋转？

我是开往辛亥年的火车，
我带着你从第一道曙光里醒来，
我热爱你懵懂的表情里隐藏的热烈，
我和你同样来自大地，在大地上工作、磨练。
我是开往辛亥年的火车，我也是那个勇敢的人，
请拉响尖锐的汽笛——
请和我一起呜咽、低吼和咆哮，
尽管悲伤，请和我一起找寻没有杀戮和谎言的国度。
我是开往辛亥年的火车，我是道路，我是人。

李曙白诗歌(7首)

南华园

一个古老家族的传人
捐赠给这所大学的
从两百多公里外的武义　以及
更远处的明朝
整体搬迁而来

深藏在柳树　香樟和玉兰树的
浓荫中　机敏地避开了
和那些现代化的教学大楼
目光交错的尴尬
临水的粉墙和青瓦屋顶
一再显示出一个大家闺秀
一尘不染的矜持

小楼中　两个女学生
正在练习古琴　她们弹的是《关山月》
五百或者六百年前
一个江南女子也弹过这首曲子
后来她就成为
板墙上的那幅画

这些木质家具之间
是一小片拒绝腐烂的时间

                        2012.5.8

领舞者

你张开臂　你转动腰　向前跨步　然后
向左旋转　扭动胯和肩
你的腰让篝火的光焰变得柔和
你站定的一瞬　一颗星辰从夜空划过

这只是一场商业演出
为我们这些无所事事的游客准备的
夜生活的作料　但是你不是
你的舞蹈与我们无关　与这个晚上的、
篝火、掌声和主持人的娇作无关

你只是为自己舞蹈
因此你在舞蹈中消失　在舞蹈中
成为这个秋夜的一部分　成为我们遥不可及的
星空和远山静穆的轮廓的一部分

                        2012.4.9

羊倌教授

夹着一摞书　你穿过火光和烟尘
走入大西南深秋的早晨　身后的那只羊
很无辜地被你牵进 1942
在一所破庙中　你专注于实验和冥想
而你的羊在朱墙外的山坡上

专注于青草和隐隐约约的炮声
现在我读你的论著
我只是个还没有入门的学生　还读不懂
那些公式和理论　但是我能够
嗅到嫩草和羊奶的气味
我能够沿着你的背影　看到 2011
看到我的校园　教学楼投下的阴影
在草地上慢慢扩大　阳光灿烂得让人眩目
而你的羊在一片名为启真的湖岸
定格为一座雕像
还在注视着什么我们一直看不见的东西

　　　　　　　　　　　　　　　2012.4.29 修改

相对论

苹果落地　也可以说是
地球以同样的加速度落向苹果

鸡蛋撞墙　也可以说是
墙抱着同样的决心撞击鸡蛋

牛顿从一只苹果咀嚼出
统治了几个世纪的经典力学

村上春树说　在墙和鸡蛋之间
他永远站在鸡蛋一边

大胡子爱因斯坦做了一个暂停的手势
他说　我们换一个游戏规则　于是

落地的苹果又长到树上
砸碎的鸡蛋重新完好无损

　　　　　　　　　　　　　2012.3.22

树阴中的马

树阴中出现一匹马　这正是
这个下午你一直盼望的

天黑之前你就骑马去城市的另外一端
看望一个朋友
他是诗人　你们可以聊一整晚诗
也可以更远一些　去一趟唐朝或者宋词社区
那儿有更多写诗但并不依靠诗歌谋生的人
他们的每一件长衫都超凡脱俗
飘出诗意和酒香

归来可能已经是早晨
你要在某个街角解决早餐
好在时代已经大大进步　把自己喂饱
并不困难　问题是那匹马　你怎样把它喂饱
一匹在城市树阴下的马　在哪儿
能够找到喂它的粗料和细料

2011.12.25

忘　川

你一直都知道
你无法从一条既定的河流之外取得水

把生和死当做一幕正在演出的剧目
你坐在最靠近舞台的座位上
自己看自己的表演
自己为自己鼓掌　或者喝倒彩

我们都在缓慢地死去　你记不起来
这是谁的诗句　一座寺院的钟声
在从山顶到达山脚时
已经改变了敲钟人的初衷

你把一枚硬币放在上衣右边的口袋中
想象隔世以后
它作为古董的价值

2012.4.9

留　白

无墨之墨

它可能是云
也可能不是

它可能是你走过的山冈
一块向阳面上光亮的石头
也可能不是

它可能是一条大河
浩荡　悠远　流淌的水
无迹无痕
也可能不是

也可能它就是空
就是什么也不是

有一点我们可以肯定
在那儿　你不能
再放进任何一件物品

2012.5.20

谈雅丽诗歌（8 首）

经　过

那年抓喜绣龙，尼玛镇长一边喝啤酒
一边唱花儿。这是夏牧场转场一季
他的工作是等待牧民回来，像野草等待
羊群来收割。疯开的格桑花，点点星星
——等来了路过的姑娘，和我

多年后，我在文字里复现这些记忆
复现小镇一座古老禅院，但宗巴喀禅师
早已离开了人世，守寺喇嘛并未
准备我们朝拜的酥油盏和莲花灯

他在专心修庙，屋前种菜，屋后圈草
宗巴喀①泥塑盖满了薄薄的灰，但那又如何
姑娘和我叩长头，一旁站立的未来佛
微笑着，因为修习而额头微微隆突

尼玛和禅师并没察觉我俩心里会藏着铁器
刀尖涂了丁点儿的蜜，那么，我和姑娘也不必说出
有那么一瞬，尘世的心确实在风吹草动

只有时光流逝着,将一些人分隔各地
人间恩怨不再提及,我常梦见姑娘在草原走动
但只有一次梦见宗巴喀
他合什双手说:

"佛修习的——也只是经过"

注①:宗巴喀为西藏喇嘛黄教教派的创始人。

芦苇帖

秋末,芦花就要跌入干净的河洲
顺着流水抵达一个青蓝傍晚

一阵风吹得雪花满天了——
一阵风折断大片的芦秆
惊起,河泽里叽喳做爱的雀鸟

该是诗经中的蒹葭苍苍,非水墨淡影
是泛黄的狼毫在时间之上随意泼洒
细腰乡姑,白发红颜
承蒙过白露为霜,就把一生交付给流水

漫天绒絮说起前生暖泽
但我只记得某个时候的恩典
残阳铺地,落日浩荡
即将迎娶满湖柔软的新娘
大地是又白又碎的婚床
细小的软——细小的暖——细小的疼——

亲爱!这真是眼睛望着眼睛的滋味

伴月星

这里，有人们失去的一切
荒蛮的石头盖满了薄暮
唯有一颗伴月星，在一条河流头顶闪烁

还有一座幸存的苹果园，它独有的芳香
朝向了思念的深渊
我在果园里栖息，母亲说
"天上伴月星，地下母女真"

那晚月光多么好啊，伴月星不明不暗跟随
顺流水清澈地注入了我的眼角
我和母亲交谈着幸福，伴月星听着
听着，它又大又圆——
也许不知道，我心里还藏着一枚不为人知的
孤单

陌生人

这是我梦见那只大鸟，是少女时
和母亲一同湖边玩耍时捡到的一只
铁砂击穿了它的左腿，它在风中哆嗦
并不相信母亲和我的良善

我每日捕鱼喂食，试图与它的野性和解
它日日伸颈，喙将成舞刀弄剑的工具

母亲决定放它自由，它不敢在天空大飞
抖动羽毛，要挣脱我抚弄的手指
一双水晶透亮的黑眼

惊惧中对我不屑一顾

有如我——第一次站在异乡街头
白衣黑发,面容洁净
但听从母亲的告诫
决不理会,试图搭讪的陌生男人

熬制蜂蜜的时光

和着蜂蜜熬制的黄昏
有着稠密野草花的甜香——

父亲的药房堆满大山田园里的动植物
白术,黄柏,乌梢,金银,蝉蜕
一条金白相间的蛇盘旋在玻璃瓶里

小煤炉的铁锅里,蜂蜜温暖地流动着
我从起泡的蜜中挑出一根糖线来品尝
父亲母亲和我,在他们老去之前
我还有很多时光陪伴他们
用熬制的蜜做一副上好的药丸

父亲一贯啰嗦,新做的药丸须得大小一致
赶在蜂蜜变冷之前
他新染的头发里渗出了白发
母亲空闲端来一碗热腾腾的芝麻茶
天下美味都要先运送进女儿的肠胃

我不是很多年前听话的少女了
我喜欢这样漫延,在小镇里
许多人都不能达到人生的巅峰
许多人都留守在孤独的平淡里

我手中有药丸香,我心里也有
他山之上明日会新长了灵芝,也许是萱草

对于我们来说，这都是一味药
我们在一起，相守着，相爱着
蜂蜜中掺着苦涩的药粉，才能平和地
治愈人间的疾痛

潮 汐

四月的一天，江水暴涨
潮汐顺某个不知名的缺口，涌进了我的身体。
在靠近胸口的沙地上，风呼呼吹起
水滴清澈，但天空很蓝
小螃蟹用坚硬铠甲，划出它的地盘

只有岸边渔夫察觉春天解冻，一颗怦怦的心
跟随冰层发出一声脆响。群山脊背颤动
是亲吻——使雪块更急更暖地消融

一排排巨浪，永无休止，在肉体里打着旋
迂回着，湍急着，咆哮着，缠绵着——
将古老的死亡推向了，春光明媚的重生

指缝泉水，发丝细流和身体局部
高涨的喷涌，潮汐穿越我身体的赤道和两极
来到一片美好的谷壑
在此，山川秀美，平原丰沃，除了爱
我再也找不到别的信仰

唯有在柔情之腹上，神安放了一架钢琴
它缓缓弹奏的温善，才能将我的肉体带到
——你，灵魂的桥头

沅人居

我退回到村庄——
不再渴望人间的巅峰,而于沅人居
筑木楼,做楼里的小家碧玉

静碧也清的溪水中,我领养了油菜花
金黄的倒影。岸上是火焰声,是明亮的光
在漫延。铺天盖地,无比清新

做一回沅水隐士,倚河而筑这高处之眼
可看新孵鸡崽争食,笑对白鹅戏游
一抹流水轻轻荡荡
桃花开于柴门,晨起挑桶担水
见一尾喜游的鱼儿凝然不动
直到我轻唤"小翠,哦,小翠"
这是鱼儿在诗里的名字

美原是朴素,是不被世人惊动的尤物
我的春天静止在大地的深处
我的时间钟摆走动在农事里
光与影,寂静与微响——我还独有
远处沟渠,日夜不停地传来的
嘀哒流水声

在地图结束的地方①

一座神秘的纪念碑
纪念我们搁浅在记忆里的
船

一座纪念我和死神
擦肩而过的纪念碑

纪念我误失的旅路

大地幻作天，太阳隐为月
河流耸立成高山
我用它纪念颠倒的岁月
纪念超越自身躯体
——我所向往的一切

用它纪念消弥、停顿、永恒、宁静
无限转动中，失去的有限
通过它，我看清了自己
才能看清——整个世界

注①：诗名选自保罗奥斯特小说《在地图结束的地方》。

孙磊诗歌（8首）

在枯河滩上

拎着一只野鸭,在河滩上,
像拎着今夜浑浊的月亮。我同意风声
也有它的辉光,断断续续,多次
涌进肺里,那是绸缎结冰的声响,
也是两盒火柴彼此擦着
分量不一的黑暗。

国家的乌云

在一个破败的城市中思虑重重,
在寝室里,茶几上,在被角,
或者在晚饭中,我不谈论生死,
在多风的晚上,记忆渗出了湿气,
我不谈论它,一阵拍手的声音,
车辆停了下来,忍耐,沉默,
抵挡着可耻的黑暗。

信仰者①

安杰洛－朱塞佩－龙卡利，一个基督徒。
罗马教皇约翰二十三世。放下一切。
承受众人清晰、相同的压力。牺牲。
变得温柔而谦卑并不等于变得虚弱而懒散
反叛？我用什么来反驳真相？
不被狂热所歪曲。即使是信仰的狂热。
天真的狂热永远是有害的。
我始终受到精神贫困的保护。所以一直享有渴望。
所以，每一天都易于诞生，每一天都易于死亡。

注①：摘自龙卡利日记。

存在之难

那是不容分说的勇敢，
愚蠢的僻静，是一张纸
迎向它的供词。迎着
笔的尖刻。
和呼吸中上涨的河。

始终有一个力在暗处。
雾不重。它就要求更多的迷惘。
它需要沿岸。需要罪。
需要更多的生活，从具体的出发点，
释放出喋血斑斓的另一面。

在望京。时光被锁在
众人的肺里。显然它有更多哮喘的灯，
很多卡槽。而且

在与迷途长久的对立中
它有额外的痉挛。

生活就是从这里
释放出镁。它看上去多像
一个单数世界的闪耀。
孤立也近似一种权力，
猛烈。暧昧。疯。

就素食而言。
我所在的崩溃，
还不能克服瞬间的傍晚。
我所努力劝阻的消费
仍是固执的、薄雾的、反刍的。

今天。我决定去散步。
它常常提供壁垒、缝隙、隐身衣……
它让我以一个旁观者的身份
"高声写作"。虽然
我只同意其中的减法。

在的。无名的在。
求的。无所求的欲念。
一直用推论将我推向一面镜子，
推向它的深处，
更激进，
并带着更多的拒绝。

取　向

出门。夏天。
迎面是团结中的热浪
它经常被引申为一种观察，

不远处，它盯着几乎所有的人。
它所排斥的雨软塌塌的，
半空中就灭了。

而雨在傍晚实际上是一种蛮力，
剥夺使主要的街道斜向更低处。

夏天去散步
是去等一次爱。去违背。
去歪曲这一生。

至少，也是去认领一叶之荫，
小心翼翼地沿着树影回家，
沿着多次失明的路。

几块石头行成的阻力
让我由衷地感激。

它们懒散地列在那儿，
它们的寂静迫使我的尊严凉下来。

迫使我要求自己，
每天必须全神贯注地颓废一次。
让一些体温滑出肉欲，一些罪
现出金属的质地，
现出锐角，
它在说服了一部分恨以后，
高声呼叫自己饿了。

交　流

一种绝望，它紧盯着树冠，
它瘦、黑、尖锐，

早些时候它缓慢,后来
它疾驰。

它告诉你向晚,
而不是年迈,不是万吨巨轮
在河的上游喘息,
不是你合上书说:"孤独。"
它就灭了。

它仍是暧昧的,
昏晕的,
夜垂在胸里
死远没有那么静。

它会指给你看那些星辰,
那些碎瓷,碎向一些实事,
一些适时的照耀,
一夜没有更多,
也没有更少。

那一直被准确辨认的灰,先是头发,
继而手脚,腿,胳膊,身体。五官等了很久。
内脏沉淀出沙子,那是些未被取走的消费,
明明灭灭的雷。
让我告诉你。
一个滑步,
叶子在枝头继续上涨,
无尽直接落下。

绝　境

一只灯泡,在我手上。
像梨汁,在盛夏的腐烂气息里。

橘黄色的窒息,不断地在往泥里渗。
我显得疲倦。
我的疲倦,我一直攥着。
不去刺激它,也不给它
更多的理智。

实际上,我很容易去死,容易得
像转身钻进树丛。

每次我想象有一片海在眼前的时候,
要么它真的就在,要么它是一片漆黑。
海在远处拉琴。
我全副的信心让海更舒展。那些缓坡的跌宕,
那些生命跟不上的蓝,将事实上的冬天
推迟得更远。

我暂时不说话,在对面的街上,
它是永远。
它要始终面对一种暴力,面对低,面对向上的搏斗,
表达向下的敬意。

监 狱

在镣铐中,如何
维护一个缄默的上帝。

他数学的贵族气质。
他的蛮力、空旷、刀割……
和向死而生的轻。

一种被迫的含混比它自身
积蓄得更多。真理也更毒辣。
尤其当一种屠杀

从集体的信仰中醒来。

四壁形成的意志
具有极强的非逻辑性，它靠知觉
换取抽象的生活
和一颗五分钱的
子弹。

对于被封存的雪，
消融是奢华的，
尤其在春日的田野上。

魔头贝贝诗歌(1首)

泥牛经：献给我的哥哥张永伟
—— 天地不仁，以万物为刍狗

1

牢笼比鸡蛋更坚固。
看够的眼睛：封闭的窗户。
问题在锐减。像一盘散沙
用欲念凝聚住遍野墓碑。
流产的憧憬。胡乱的指针。

远远发生的时刻在发生。
沾满苦味：欠着，输着，这年少
无知。却培育着剩下的鱼刺
引来猫的舌头。这刮骨的温柔。
活着是终将吹破的气球。

亲人是撬开的保险柜。
陌生遇到陌生：勾肩搭背。
像偶然递过来的一根稻草突然
被我掌握，带着
冰的温度，你继续沸腾、融化。

2

不得不盲信
救护车里的拯救。
由离别组成，相聚。
麻木比绿叶更持久：用来剁
肉的案板，曾是黑暗的树根。

青春的风吹草动。直到你
得到酒瓶的盾牌。为了
玻璃的反抗。
溶解在礼貌中，药片。你是
穿白大褂的乌云。

是蓝天和母亲打扫出
尘世的客厅的荒凉。
用稿费，你给她买她
从没吃过的鲍鱼。
远处。可能是从没尝过的海。

3

欢乐少得像永恒
的死，始终在身外。
亿万张嘴的吃喝，取代了感叹。
痛哭与痛苦。瞻礼与颤栗。
从蛇的角度，活着只能吞咽着并扭曲。

空椅子上的人形像时间消化的历史。
肛门中的厨房。像风干鱼回到
游动状态。
按狗摇尾的方式，他挥手致意。嚎叫
是站在大厦楼顶往下泼垃圾。射精感。

至今找不对地方，伤口
来自冥王星，枪的准星。
当答案被电影亮出，无头的
波涛，向前翻滚：红彤彤的
旭日，如没有上文的句号。

4

被雨天的护士包扎的手
写心绞痛的诗。
最轻的词，轻轻一扭
打开满地落叶的房间。在蜕了皮的
二十年前的体内扎根。像坟头野花摇曳。

相爱的人像两块碑石由青草牵连。
坍塌着，正在建设。
敬老院的咳嗽：幼儿园的嬉闹。
一台台自动取款机，吐出
一张张燃烧的冥币。

浇灌语言的脑汁是
从往昔提炼的脓汁。
未来不过是麻醉剂。让光阴的
毁容术，毫无知觉地进行。
仍是禽兽，鹤立鸡群。我们不过是它们。

5

壳或者面具。深夜
是一钩残月。
酒杯支撑着
一张脸。靠近花圈。
弄皱了悔恨，经年的床单。

白和蓝。这周而复始的
野蛮。像雨丝
轻触在灰烬上。
在枝繁叶茂中凋谢，他是
仍悬着的湮灭。

我是我的盲音。
却仍感到
返回的尖利。像无话可说
的钟表，嘀嗒嘀嗒：一开
一合，我的嘴像那么多你。

6

作为墙的人，散布在空气中。围着
体外的煽动。金灿灿
的项链，垂挂在即将被割喉的脖颈。
没有怜悯。只有
凛冽分泌着偶然相遇摩擦出的温暖。

对爱的希求错开
彼此嵌入的眼神。如
一根被两端硬拽的绳索。绊住后来者。
过往者为自己开庭。
一次拥抱的替代品：一截钳子夹着的余生。

一只重症监护室握着手的手攥着未
降临的婴儿的凝视。
像一头失掉双亲的幼兽，在迷雾的
深山游荡。披着词语的
赤子，在晦暗里，血红地走来走去。

7

石头压着嫩茎镇住
执著的对抗。
结束用开始
完成下一轮归零。
我们被驱赶。被下水管道里的热血。

你的新婚。他的新坟。
像插入后喷出后
的瞬间，多年后。
一张从台历上撕
下的脸，揉成一团擦拭生活的手纸。

那些被剖开又迅速
合拢的事物：水面
和表面。那些深埋
的闪电，从未及时发育成雷雨。
我们被上演。被光天化日的黑剧院。

8

活着的四壁中的
悬着、掉着、散乱着。
密不透风。而八面来风。
虚晃的天平，多姿的一端
在死死增加。

雨滴的滴滴的
暗暗的发生。却终拗不过
天下大白。像一夜花开
后女儿的母眼睛。
投射在冥然里，利益熏心。

我遥寄给你的肝胆是你
用牵肠挂肚炼就的舍利。
一个男菩萨，摆出婀娜的
淡紫的淫行——
仿佛波罗密，干着都不必。

9

被眼前缝补。漏洞仍在。
云含着死水把柄，飘浮在
体内的阴影的蔚蓝口径。
像甜硫酸，和父母妻子围着火锅。
血和青白一起熬着。

一连串由凝结引发的交融、碰撞
流淌——一群群新面孔。
赤裸而无辜：因为刮下的呼喊的鳞片。
如高举的堕落，夕阳，如
浑圆的钩子——钩着我们的不可挽回。

捎给时时的未来，蛇的猩红口信。
唾手可得，闷棍。
从错误到砒霜：从萌芽到结果。
我们用暴露掩盖鸿沟——
我们用脱衣服，增大空虚的体积。

10

肉巅峰。勃起的苍松
——索取的手，无视云卷云舒。
在花落花开的寺院瓦解
风砍下啃着的毛虫。用鸟的飞矢。
烙印是露水专政。

悲凉：宽松睡袍里的紧身衣。
孑然：追悼会上的摩肩擦踵。
物幻术将我们
拆解为一个模子翻出的一个个我。
如同撒谎后的深夜，这赤裸世界。

如同五味深渊，这光秃秃的驳杂
像从未散场。你来了像
没来那样。日月星
探照灯透过恢恢铁丝网——
无论你在何处，都是被监视居住。

11

拔不出的钉子：一面时时照自己的镜子。
几乎是欢乐：他在
她体内机械抽动。
白发：我变黑的证据。
像睫毛上颤颤的泪珠，你在我千里外。

又绿的灰烬像血浸泡骷髅。像
用出生抚平褶皱。
像十四岁的恐惧，破茧。夹在亡灵
的故事会，一只蝴蝶。
翩跹的标本。像暮晚的青春。

携着苍茫，含苞
待放。
一张张吮奶的嘴中，一轮满月。映着尽头
一堵绝壁。
在平静的激流的床铺，挨着梦着，我和你。

12

粮仓里黄橙橙的缺乏。金币
垒积出的黑压压。一粒粒将被粉碎的闪耀。
白纸上突兀的红手印：婴儿的初啼。
三分钟的默哀。以便向日葵
在低垂前,昼夜高昂瘪瘪的脑袋。

细浪的连绵被漫天雪花克制成
可以开过卡车的坚冰：世纪脸孔。
如同在透明玻璃罐中酿造偏见,葡萄人眼。
像从猛地跃起的鱼的尾巴甩出的水滴
一个个急于摆脱的念头,刹那付诸东流。

残阳斜挂西山。坟墓埋在
糖果深处。飘飞的柳絮恍若刚刚结束的冬。
捧着缺了一角的塑料碗,蹲着
喝着稀饭,我。和你,隔着抽搐、服软。
我和你在一起。像两座皮肤缝制的监狱。

谷雨诗歌（4首）

小酒馆
——赠酒徒兼吃货小徐胖子

1

在酒馆里喝酒的人，看细碎的光掉在身上
仿佛一小片鱼鳞
窗外是西湖，夜西湖的灯光
照着漆黑的水面。

我们坐在卡萨布兰卡的角落，靠着旧木桌
喝酒。
我们两个落寞得如同一棵树上
无人采摘的坚果

酒馆老板拎了一瓶啤酒过来，找我们喝酒
聊过往的生活
旁边的乐队死命敲打摇滚
和流行乐
太嘈杂了——我们要谈话必须交头接耳

我转过头，看酒馆里的每一个
生面孔，他们各自不同的神情构成一部微电影——
坐在我背后的一男一女

男的是医生，女的是（我突然忘了）？
他们面对面坐着，眼中充满诱惑

接着，女的坐到男医生的旁边
身体挨着身体，嘴巴几乎咬住男医生的耳朵
等我喝了两杯酒，再回头时
他们已经起身离去。

2
去年夏天，我们约童俊去保俶路的 88 酒吧
酒吧里音乐轰鸣
隔壁桌坐了两个白衣美女，低胸
独自饮酒，眼神在黑暗中漂移

坐了半个小时不到，我们每人拎了两瓶
没喝完的啤酒开溜
然后爬到西湖边一座商务楼的顶楼平台上
吹着热风，继续拼酒。

——我们当时聊了些什么？
至今已无从记起。
可以肯定的是，喧闹的生活并不适合我。

3
此后，我们去过曙光路的旅行者、1944、seven
我们在酒馆里说起若小安的微博
和微博上的风花雪月
多少人被迷惑：一个接客的女子
竟有如此才华，写尽俗世生活里的
孤傲，绝望，美，和忧伤。

事实上，我们所有人都被蒙骗了
直到某日，各大报纸网站发稿辟谣——
若小安是一个男人！

——性别的过渡就像一次偷梁换柱
就像我一个同事的签名：
苏小小一夜之间变成了苏东坡。

——刚发生的事情很快就成了过去
事过境迁之后
我们的生活重又归于寂灭。

4
在小酒馆里，我真想做一个酒徒和吃货
就像摆在我们面前的木桌
在遥远的森林里被砍伐，运送，制作
然后来到这儿，重新活过。

——想起年初一场落雪
我陪家人开车去武义泡温泉，你带我们去吃野味
车子在山间小道曲折迂回
车轮碾压着积雪
那一切仿佛就在今晚。

是啊，如果有一场雪落在今晚
有大而缓慢的风
吹过酒馆的屋顶、树叶
纷飞的雪，以及世间所有的美和忧伤。

2012.4.28

雪之女王
——写给成宥利

拉普兰德的山上，雪挤压着雪，就像追赶不上的
白色火车。
当然，那里没有火车，只有雪橇
和纯净的雪之女王

她把小男孩凯伊从广场上带走，当漫天的雪花
飘洒。
天空冰冷，而凯伊早已杳无踪影。
那个叫盖尔达的女孩呢？
那个和他曾经手牵手亲吻玫瑰花的女孩呢？
她孤独一人，站在雪地上
问过每一朵花，走过每一个地方
寻找凯伊途中的经历和险恶大可一笔带过
结局依旧圆满。
这就够了——我们不可能活在童话的阴影里
随后，我们假装在飘满鱼鳞的天空下
换了一个舞台。
在这个舞台上，我认识的女孩叫宝拉
我认识的男孩叫韩太雄（或韩得九）
他们是另一个凯伊和盖尔达
他们彼此相爱，爱得纯净，隐忍，悲凉
他们在一个舞台和另一个舞台之间
徘徊。
和我一样，他们对命运知之甚少
——也许是我的错觉。
他们相信雪之女王住在拉普兰德的山上
可是这次，雪之女王带走的是宝拉
是盖尔达。
——宝拉死了，就像雪在雪中融化
乌鸦在黑暗中隐身
对长大成人的凯伊来说，这是命运无常，这是毁灭
和残忍。
想起宝拉一生最爱的童话，这个数学天才
去了一趟拉普兰德
然后回来，公开讲课
静静生活，和陌生人擦肩而过
我们到此方知——
世间再无盖尔达，再无宝拉
惟有在别处，比如浪漫小镇，或神的晚餐中

我们和第三第四······个盖尔达相遇
可惜时光不再。
我们痛苦的眼泪，停在最初的破碎、惊艳
和秘密卷曲的火焰里。

2012.4.24

编年体史记，公元前 208 年

落魄的人为王，终究不忘草莽的习性
骨子里摆脱不了小人得志的肤浅
和胆怯，就像屋檐下摔倒的孩子
嘴里塞满了泥土。

不问出身、贵贱，出身和贵贱可以更改
就如乌鸦和喜鹊的命运任意置换
占卜吉凶，问卜鬼神
所谓谋略，不过是塞进鱼肚里的朱砂和白绸布
是深夜里的篝火古庙，狐狸混迹于人间的
叫喊——

当然，这都是过去的事了。
著书的史官并不知道，那个落魄的王
是我幼时的乡党，与我曾有盟约：
——苟富贵，勿相忘。
但这到底是什么东西？

曾经的盟约都是狗屁，我被斩杀后
人世噤声。
我与此人再无新仇，惟有背负一生的
耻辱和旧恨。
这个短命的王，这个给了我耻辱的人
有鬼一样的名字，和弹药库的脑袋。

2012.4.23

旧池塘

—— 暮春,雨中,与胡人诸兄结伴同游

这里偏安一隅,几乎无人造访
这里有宋朝的银杏、香樟,明清的戏台和祠堂
这里有旧池塘
——从我的衣服里洗出斑驳的树影和
白日梦境。

我太困了,睡意细如一尾白鱼
翻着肚皮,掉进旧池塘里

人世的绳索拉扯着我,肉身逃到清朝
与池塘对岸的桃花联姻
她的妖媚和纯真,她的藏在镜子里的美
和一世的贞洁、言辞、爱恨。

——谁在旧池塘里复活桃花的命运?
又是谁在诗书里恢复远山和树的秩序?

整个上午倏忽而去。门前的流水
永未止歇。
时值中午,我们坐在木房子的二楼用餐
我们围在桌前畅谈国事
仿佛桌椅油漆的旧时光,深不可测
却无关痛痒。

在荻浦村,旧池塘不止一个
桃花亦非三两朵
的确,如你所见
不是每一朵桃花都充满喜悦,不是每一个旧池塘里
都有痛苦修补过的痕迹。

2012.4.23

蒋伟文诗歌（7 首）

内在的世界

我内在的世界里
有属于我自己的时间
与空间。
那些由我命名的：
陆地、海洋、山川、江河、湖泊
以及每一种植物、
每一种动物。
未命名的，将被除名。
我内在的世界里：呼伦贝尔大草原
在五月的马蹄下
返青。蚂蚁
穿越亚马逊河流域
神秘的雨林。鱼潜入水底
自由呼吸。翅膀停在
快乐的飞翔中。
那里还有：沼泽与荒漠。
还有火山，但不知道沉默的火山口
在何处，
何时将爆发。

我该如何面临一场无法预知
且不可避免的
大地震而保持
内心的完整与平衡？
黑夜宁静如沙滩般
柔软。我独自一人在海边徘徊，
听见阿尔卑斯山的雪崩。

溺水者

早晨，他们撒下第一网，收起无数闪亮的水珠。
他们撒下第二网，收起一堆腐枝烂叶。
他们撒下第三网，收起黄昏。
这时，他们当中的一个
落进水中，冒出一串神秘的水泡
很快他沉入了深水区，并成为一条鱼
带着一群鱼虾随从；
他摆动灵活的尾鳍，游弋着，一次次逃脱他们撒出的网。
直到第二天正午，
身上的鱼鳞片开始剥落，他浮出水面，
看到了渔船，他们正在搜寻他
他回到自身，回到同伴们中间。他听见
水鸟欢叫着。明晃晃的湖水拥有宽阔的平静。

这儿曾是野兽们的领地

群鸟惊飞！而野兽们哆嗦着躲在洞穴里窥视——

他们在荆棘丛中烧一把火。他们用锄镢
敲击脚下的土地，从烧焦的泥土里
挖掘出

树茬、草根、石块，然后弯腰
下跪，悄悄埋下什么。
落日转动着，如一只充血、肿胀的
凶煞独眼，缓缓沉入
阴森森的洞穴里。这时，
他们一声不吭地走向夜的深处。

有一日，我们拖着影子，带着
他们留下的铁制农具，到来。
我们环顾四周，小心从黑土里
掏出那埋藏着的秘密：番薯、土豆、毛芋。
深挖下去：
一片瓦砾、一块锈铁、一根白骨。

而他们仍占据在那儿，当我们拾掇完毕
准备离开：他们在风中低语，
以植物的语言方式；他们的长发就像
土包上的野草
在疯长；他们的身体已遁入
空无——在旷野的
寂静中，在我们内心的惊惧中。

初月夜入深山狩猎

当山的轮廓在黑暗中模糊了
界限，巨角怪兽现身。瞧，它
蹲在那儿。打着头顶灯，我们踩着它的
脚蹼出发，摸索着，悄悄进入
它的腹股沟。呷一口土烧酒，为自己
壮胆。我们每个人手里都有一杆枪。

那树木一样的毛发，那岩石一样的
骨骼。它的凶爪在哪里？它的血盆大口

在哪里？可以确定，我们就在怪兽
眼皮底下。它在山风、流水和虫鸣的天籁中
打鼾。谁也不敢出声，千万不要
惊动它。虽然我们有枪。

收枪时我们抬头：怪兽的冷眼半睁
半合，待到充血的巨眼
圆睁的一刻，它那庞然身躯已藏匿于
霞光之中。而我们围坐家中，摸着
野兔柔软的皮毛，取笑躺在地上的
大野猪：那丑陋的嘴巴，那凶险的獠牙。

手术刀

手术刀在无影灯下
闪光、冷静、锋利。
一切都是未知。它试图进入
知觉世界内部，从
那打开的、麻痹的身体里寻找
痛苦的根源。
它如此精致、完美——
握在主刀医生手里，几乎成了
他身体的一部分。如果递给沉默的诗人
它是锃亮的语言。

研究宇宙

屋子像四方形盒子，物理学家在里面研究
宇宙。几十年来，他的内心在安静中
慢慢开阔起来。相反，外部世界
却在不断变小，缩小成为

桌上的地球仪,轻轻一触,它
旋转着;整个屋子
旋转着。

一个星星之夜,他终于有了新发现。
他冲出门外,爬上屋顶。跨入
那永无尽头的圆弧形跑道
双脚踩着时光加速器。他的身体
旋转着;无数的星星,环绕着他
旋转着。

高高站在屋顶。他如愿以偿,摘到那一颗
遥远如钻石般闪亮的
孤独之星。

如临深渊

诗人如临深渊:他在不可名状的身体
与难以企及的事物之间
拉紧目光之尺。然而,诗在哪里?
诗,不在皱起的眉宇间,
也不在事物移动的形体以及
它变幻的光与影里。
甚至不在他内心泛起的阵阵愉悦之中。
但是它存在。存在于目光
抵达事物的穿透
与返回自身的照亮——就在那一刻,
就在语言燃烧的那一刻!
诗人如此专注,他凝视
空气中一线明亮的尘埃如同
虚空。诗,就在那里并试图跨越。

空格键诗歌（11 首）

大寒之日

大雪压境，万物噤声。
诗人与皇帝同时失踪。

这凄惨的一日，为什么还要
小心谨慎地度过？

池塘睁着惊恐的眼。
绿火车停在深深的隧道里。

愈是孤僻，愈是随意，
一个人有一个人的游戏。

没有什么无法抗拒，没有什么值得
抗拒。早餐或者晚餐，顺手或者不顺手。

一只雪后鸟，无声腾跃，
在它下面是隐蔽的灌木丛——

那曾经的甜蜜、甜蜜的伏笔！
"一个人有一个人的惊险。"

而大雪压境,你怎么面对
这近在眼前的终极?

接　近

1
踩碎一湖波光,风
接近了一朵荷花。

我看见荷花只是小幅度地
动了动;但我一点也不觉得遗憾。
它们完成了一次寻常而愉悦的交流。

这是两个灵魂在相互容纳
取暖。湖水浩淼,
独有这清晰的一幕从容地融入了万丈红霞。

2
接近。像鸟雀接近树木,树木接近天空;
像火柴接近一支蜡烛,蜡烛接近
冰冷的死亡:

美,在无声无息的一瞬间或者
巨大的空洞中
绽放;向着孤寂的边缘,无限接近。但永不抵达。因而获得永恒。

黑暗颂

这万物的根
这从最远处传来的呼啸——

你枯坐如僧侣，愧疚
如濒死的暴君。

"唯有寂静万无一失，唯有时间无动于衷"
"我们最终抵达的必定是黑暗"

你品尝着这苦难，你终获自由。
万物的生长不再有秘密。

死亡并不可怕……

死亡并不可怕。这和固有一死
并无半点关系。就像夕阳加深着树影，
死亡庄严地书写寂静。

最深的寂静是黑暗。黑暗的沉积岩，或者
冰冻的波浪。落月滚动在旷野，仿佛俗世苍凉的秘密，
仿佛一只丑陋的雏鸟，嗷嗷待哺——

当露水点燃第一根光线，新绿的树梢传唱着
雨水的旧歌谣；轰然倒塌的黑屋
终成为最大的窗户：这松开的怀抱，
将如何做到密不透风？

但有水继续奔流；鸥鸟又一次更换队形，
默默呼应一座富饶的岛屿。

风吹过来

风吹过来，停在耳边
却又什么也没有说

没有说远山空蒙,溪水
越流越深,没有说一尾落单的鱼
要以沉溺来占领
一个隐匿、宽敞的岩缝

没有说
一个人正在长出
更多的手,来对付越抛
越多的魔术球;
没有说其实我们从来只有两只手
一只姓右,另一只
被迫姓左,它们一模一样,其实刚好相反
它们相互配合,有时又
彼此为敌……

……这是深夜,我听见
风吹响了一棵树的缄默、一个人的
中年:枝繁叶茂,手足无措
露水掉在哪里无法辨认

秋　水

以自由的名义,将自己禁锢在
时光的凹处;这沉醉,清澈见底

——雁影空手而去。它并不急于
找到冰凉的自己,它只是素面

朝天:偷来的云彩,现在如数奉还
"只留一个节气在内心里深深沉淀"

它甚至决定不再瘦下去了。它决定随风
荡漾;它爱上了这闪亮的无人之境

枧洲秋夜

瓦罐里的雨水已经全干了
现在,它装满着虫声与月光
端坐在我们身旁;寡言的树影
依旧是那么友善

而这些露珠,也都找到了
自己所信任的树叶。它们在风中晃动
掩饰不住小小的欢欣,其中几滴
落在我们之间

夜已经很深了。我们
谁也不提出回去。黝黑的枧河里
传来一声"咕咚",我告诉你
那是一枚野果在掉落
你凑过身来,"这是厌倦,也是爱的沸点"

一阵大风吹来,我们才发现
天上已经找不到一颗星。我们
也终于动身。我们将要摸黑走几分钟,才能看到
出门时忘了关的灯

我为什么喜欢雨天

其实我是喜欢悲伤。
挂在屋檐下、绵延不断的悲伤。
我不知道这悲伤从何而来,
但它明晃晃的就在眼前,像刀子。
像刀子已将那虚空劈开——
冰凉的鼻尖,在等待一只小蜜蜂。

日 暮

溪水冰凉，左脚踩到右脚：
"一块糖停止溶化。"

但寂静并不是没有叶落，
而是叶子落下来，不被风吹走。

就这样僵持着，在暮晚——
仿佛精通拒绝的技巧，仿佛已深信

夕光煮沸了满山的石头，
我是其中，最不规则的一块。

这快活的鸟鸣

连日阴雨，早睡晚起。
其实醒得很早，比如今晨：
听到几声鸟鸣——夜雨已经停歇，
人间格外清冷。
这清冷，这蒙蒙亮的天，这几声
快活的鸟鸣！我不再有睡意；
仿佛一下变老，却没有苦涩的回忆。
我想若是再落一场大雨，我愿意在雨中安详
死去；第二天早晨，三两只鸟，将我谈起：
"他有一个湿漉漉的名字……"

石 缝

如果石头足够大
石缝里就可以跑马

这是辩证的逻辑，并非黑色
幽默。这些年
眼见着石缝每天增大一点
我饲养的马便引颈长嘶
跃跃欲试
我并不想探究
它要去石缝里干什么
我也不会去计算
具体在哪一天，石缝将变得
足够大；我想象得到
一定会有那么一天
那一天，下着雨
电闪雷鸣
我赤手空拳，却是个
弹尽粮绝的战士
我的马鬃毛黑亮
是一面迎风猎猎
的旗帜；我们配合默契
向着石缝的纵深
一路狂奔——
天已经全黑了，哦，亲爱的马
你并没有因此停下
仿佛石缝的深
是我们的归宿
没有最深，只有更深，更深的
黑暗，更深的
悲伤，更深的
虚无。
让我们挺进，像子弹
在天地间
这个世上最大的缝隙里
呼啸着，拼命
把那条最隐秘最顺畅最放心的路线
找出来

唐不遇诗歌（2首）

历史三章

一、历史——致弱冠之年的你们

只有年轻的死者们深知
自己已不年轻，而这首诗的失败
在于每一行鞭痕都已结痂。

当它被署上名，并被夏天
以闷不透风的声音朗读，听众们都在远处
盯着被烟熏成腊肠的鞭子。

为什么它不变成蛇，顺着屋顶的绳子
溜走？它静静地吊着，只是
那根绳子上用以记事的

古老的结，沉默如悬挂的窗帘。
窗帘内，有人在灯火下表演吃诗，
用愤怒的嘟囔塞满嘴巴。

太神秘了。这首诗如果让坦克来写
也许将成为杰作，具备血和骨头的深度。
现在，只有黑夜从玻璃牙缝

挤出毒液,喷在他们眼里。
而墙上的钟走着,在均匀的鼾声中
它将梦见烤火鸡一只。

二、结绳记事

道路的灰尘被捻成
一股绳子,缠住那些脚。
在神秘的收割仪式中
马脸弯成一把镰刀。

广场上晾晒着粮食——
许多年后,只能找到沙砾。
坚硬的稻茬挺立着。
鬼的哭号,沾满稻壳。

帝王们一个个复活
像捆成一串的蚂蚱,
或中山装上整齐的纽扣。
国家是一本线装书,绳子穿过

冰冷旗杆制成的书脊:
它打了一个又一个
死结,只有背后
每天升起的太阳是一个活结。

三、野史

有一天,上帝梦见了龙,
醒来后装扮成一个普通人
来到中国。参观过长城和天安门,
瞻仰过伟人的遗容,

他疲倦地抬头：一只鸟
在夜幕上疾书，翅膀插满了羽毛笔
直接从血管里蘸取墨水——
一种古老的疤痕的语言。

它认出了你的蓝眼睛
书写着一个哑谜。从广场望去，
所有建筑都是纪念碑，
每一张浮动的脸都是浮雕。

这里并非天堂，而是
另一个国度：你看见黑暗
在鸟巢中跌落。你读过杜甫的诗，
只有那只鸟向你告别，

为你指引太高的归途。
这个国家的纪念品
是斧凿和刻刀——买一把吧，
因为在天堂里只有泥土。

上帝三章

一、上帝喜欢独自散步

他散步的姿势像个哲学家，脚步
又轻得像个诗人。
寂寞之时
他就丢下一颗陨石。

他的终点是一座无人的旷野，
在那里，他气定神闲地
打起了太极，
为了使自己长寿。

二、耕种者

上帝老了,鸟远离他的眼睛。
落叶飘过蓝色的田野,
风在他的身体里消失。
一株野麦穗停下来歇息一会儿。
扛着农具的灵魂远远走去,
他把坚硬的土块敲碎,成为夜晚。
他不是一个国度的君王,
只是这块田地的主人,
关心这片土地的收成——
他是所有耕种者中最勤劳的
用闪光的锄头翻着永生的死亡。

三、梯子

在一次流星引起的矿难中,
上帝的脸
沉睡成漆黑的矿石。

每天早晨,他的天使们,
预言般闪烁的火光
穿透地面的花瓣呈现。

踩着肋骨制成的梯子
晃晃荡荡,爬下地窖,
取一个潮湿、寒冷的灵魂
诱他开口说话。

那是一个反复挖掘的矿井,
深得已经丧失一切。
蛇并未盗取火种,
而是满载黑暗离去。

心木诗歌（6 首）

The Walk

一只羚羊从我面前跑过，那是否意味着
附近存在着水源？这里是
一望无际的贫瘠沙漠，寂静与风啸声
以及承载的复活者的话语

仅你和我同在，我的记忆之火
天神诏书你的骁勇，你的到来，你是我最心爱的马
告诉我，我该过怎样的生活呢

你置我于真正的能力之前，要我寻找自身的本质
而我是否和沙漠有缘？它或者让我裹足不前，或者
赋予我一种与滚烫的沙砾接触时可重生的精力

怎能想象，你将引我在此
找着清澈的河流，找着树木与花朵
一片片肥沃的耕地，以及
将自然传递给寂静灵魂的能力

你说，上帝创造了沙漠，好让人类含蓄缄默
并且聆听神秘之火的声音

是的，一点一点地清晰起来
尽管夜幕低垂，黑暗笼罩着大地
好吧，继续走吧
我听命于你的指挥
去沙砾和岩石中养精蓄锐

化 石

久远的记忆，如同傍晚漫迹而至的幽冥
更多的时候只是抬着头，看事物轻缓地流淌
她已懂得如何驾御自己进入隐秘的古道
像静默的银质穿过穴中的黑暗
与祂呆在一起。贫乏的语言记录和交谈着
甚至微笑，甚至倾出眼睛的滴水
拥有着丰盈的思绪造就的精微及宽广的时刻
一点点地被啮噬，余剩了一副坦荡的骨架
浴着夜晚湿润的天空的光，感到
她从不曾失去了祂，不曾与祂分离

一一风荷举
——请降临她并翼护她，为她指路

我爱着穿越黑夜的一个微茫巨大的身影
爱着一泓净化光大的潜流，浩淼而澄澈
我爱着祂冰峰雪岭的燃烧
爱着祂的纯粹，孤寂，凛然和淡泊
我爱着微云疏雨下祂的风神气度
爱着祂如霆电，如长风出谷，崇山峻崖
我爱着祂凭高视远，君朝万众
我爱着。我爱着祢
爱着祢深美闳约的蕴藏，树蕙百亩，枝叶峻茂

我爱着
爱着这地远天阔，离鸿回音
爱着这霜凋的岸草和烟，马蹄过，而祢寥廓

X 星

"我到过那儿。"这熟悉的景象
使我震惊，像被许多斟满阳光的眼睛穿透
而激起了阵阵的颤栗。默默地
坐了很久，又站立起来，对着窗外耀眼的天空
不住地点头，眼泪顺着脸颊滚滚而下……
是的，我到过那儿。那巨大的洼地
仿佛是被烙下了神秘而粗犷的印迹，其中
以及其外涂抹的，尽是一大片
如同被火光点燃过的色彩，沙砾和岩石
荒芜而宽广的土地

晨曦在寂静的林中，犹如你们
在我梦中的显露。洁白的长裳，修长和
庄严的形体，一起围聚于湛蓝的光明
——那澄澈的湖水，如婴孩般纯洁的微睡
沉默蕴蓄的语声，正如微风轻拥着
摇曳的树枝，树叶发出簌簌之声……

丝絮般熹微的光芒如音乐在四处
渐渐弥散开了。我忽然像原野中的
鸟儿，自在地飞翔起来——
飞过柔和温淳的湖面，飞过星辰般闪耀的
人群。那极目远处的
静卧着的黑暗，仿佛无崖的海
一片迷蒙。这份寥廓
使我的心即刻守静了，回到这环湖的
人群，到我的席位。我对身旁的人说：

"刚才我做了一个梦,梦见自己飞了起来"

她凝视着我,淡淡地笑了,像一朵湿润的花
在我眼前闪烁着,环宇内响着她的低语:"刚才
我见你的确飞在这湖面上……"
我睁大着眼睛,原来飞竟是如此简单!
……这之后,她渐渐隐身在我的喜悦中,你们,
都渐渐隐没在我的喜悦中。我的苏醒

而此刻,这些被打开的画面,像一只
不可思议的手
揭开了不可思议的秘密——
它真实存在着,梦境里的地方
竟然是那遥远的一个星球!? 它与我
究竟有怎样的关联呢,是滞留的
记忆抑或是未来的预知?
那些清净的人们以及那清澈的湖
为何都不存在了? 仅有那贫瘠的大地
像孤寂的老人固执地保存着
它原来的形状,皲裂的困苦与
无尽的寂寞仍使他强大,使他回忆,
使他在疲惫与干涸中
——静静地守候

在梦中,一切事都散漫着。我没来得及
与你们问候和道别,甚至
没有来得及细心地看上一眼,即便是
身旁与我说话的女子,那仿佛已经
熟识很久很久的人,在我每次回顾
刹那,她的面目都是模糊的,惟有
她柔润的声音像那蓝色的湖水
注入了我的心怀,让我感到一种
神奇、一种清新的爱充满……

幸福，那瞬间

那是一个美丽的清晨
不，是一个美丽
冬天的夜晚
你起床
站在了天空下
雪纷纷落下来
你脱去身上的衣裳
笑着的样子
它的味道
它的质感
它们撞击身体时
嘶鸣的光芒

黄昏的风，它吹了很久……

它们再一次如潮水涌来，那些要说的话。
可真的鼓起勇气要说出来，它们又迅速奇迹般的隐退。
那么你究竟是否听见了呢？
那些未能表达的词语藏匿在暗处，它们是那样的一群使者，
只要你揭开他们头顶的黑布，就能
闪出奇异的光芒。而我总是把握不好这样的力度，
只得以一种不安的情绪感知着它们的存在。

你伤心了吗？我知道你不会。
至少我用力地猜测你不会。
因为这样就会很轻易地打击我，令我难过。令我鼓足勇气去面对自
    己。
而我什么都不想干。
只是坐着，不断地吃着东西。
想把每一颗时间都嚼的嘎嘎响，脆脆的，碎碎的。

好像把自己也咬了进去。

这样我就是一个很受伤的人。

我必须振作必须捍卫我的自尊。我可敬又可怕的自尊。

我听说有一种特殊的花,无论谁看到它,

都会惊奇地注视着。但是能窥见植物秘密的内部生活,

看着它活力的勃发和渐渐开放的人,

会比常人更深邃的眼光注视它——他明白他看到了什么。

我希望我是那样的花,更希望能成为那样的人。

能真正地理解、了解和熟识我的生活,全力挣扎,摆脱束缚,

要把眼睛睁的大大的。

我反复地对自己说。

黄昏的时候我走入楼上幽暗的小屋,关上门。

我要和书本里的人呆一起。听他们的声音。

掀起窗帘,让光进来。我看着天空里的白云不断地变幻着。

忽然很想告诉你:这一天又要过去了。如白马过隙的短促。

是我们在一天天地度过时间,还是时间在渡过我们这有限的生命?

在书本里我遇到一个说话缓慢的老人,他活得轻松自在。

仿佛一位自信笃定的老国王,他毫不在乎别人的毁誉和赞颂。

还有他简朴而不失雅致的房子,他的散落在屋子里的年代久远的

雕像、藏画、书籍和音乐。我要的生活不也是这样的吗,

自信、自在、简朴、雅致。努力地与美好的事物呆一起。

防备着不让外界恶俗的思想像一场病毒侵入身体。

要更多地与自然的生灵相处和融入。不要停止眺望那些阳光闪烁的

山峰和云端。还有星星。因为人的视界涵摄了他整个的生活,

甚至将拓展到过去和未来。

是的,就是这样。你是否也说过。

你还记得我曾对你说起过达芬奇吗?那可敬可爱的老家伙我是多

　　么热爱他!

他常常像个好奇的孩子一整天趴在菜地里,看一株青菜如何生长。

把绘画和宫廷全都抛在脑后。他身上具备那么多优秀的东西,

不正是因为他是个品性简朴和自在的人吗。内心平静，
充满天国般的安宁，是多么美妙的幸福。然而他的一生又是那么地
　　孤独。
是否是这孤独使他贮备了内心的力量，如同夜空的星辰呢。

"我的心灵对于我是一个王国，在心灵的深处保持着纯洁。"
这样的话语被我幸运地捧在手掌里，仿佛身处在一片浓郁茂密的
　　森林，
在森林的僻静处有一潭清澈见底的湖水，在那
湖水之上盛开的正是这洁白闪亮的花朵。此刻我是多么地荣耀。
多么地快乐。多么清新。而此刻我是多么想念你。
你好吗？快乐吗？
如果我不能带给你内心的喜悦，就请你忘却我吧。

"如果人们对上帝的伟大印象深刻，他们就会沉默。
就会由于崇敬而不愿给他起名。"
现在我也将对你保持我的沉默了。我把右手放在左手上，紧紧地握
　　住它。
我决定不让自己再接近你。亦不让你再接近我。
如果不是因为爱，如果我不能带给你内心的喜悦，就请你忘却我
　　吧。

最后，我并不是试图要讲述一个故事。
你可曾知道地球上至今都还有一种水族，存在于神秘的洞穴中。
洞幽泉涌，他们终生在清凉的暗河中生活。
生命就是如此安静地延续。
我好奇的是，是谁造就了这些美妙的洞穴和洞穴里深蓝的水，
这些水族从何而来？
他们，怎样了？

金辉诗歌（8首）

对　峙

雨后的舌头舔舐着霉菌和苔藓
桌子横亘在我们中间
如那闪光的道路
谈什么呢
在些许的树木的罅隙
你木耳丛生
我闷头饮下苍翠
谈点什么呢
你我回避着夕照和时间
那桌子飘起来，仰视着
就要把我们的脖子折断

野　菜

年轮嗡响的黄昏
低矮的艾蒿和白茅窥视着
须臾的阳光
生长如同静修
此刻，我和我母亲散淡
寻找着可吃的野菜

我们带着铲子
我们偶尔会挖掘到
苦荬菜和小根蒜
此刻,我和我母亲散淡
她被这片丛林打动
打量着四邻
揣度着自己的墓穴
四邻微笑着
看着她的举动
她继续挖着野菜
却又葬下
挖掘既是埋葬,那些
苦荬菜和小根蒜
连同我,连同黄昏
安息在这里

橘 子

我们偷了他的橘子
那时候,我们疯了一样
逃过一片草地。泪水泥泞
那时候,它的嫩叶产着孽子
尖叫着。惊醒了的丛林纷乱逼仄
绊住了我们的裤管

那时候,我们逃到低垂的松阴里
或者逃到被鞭挞的沟壑里
我们吃着偷来的橘子
自这去年秋天的果实里
我们吃出了沙子
如那些孽子一样苦涩
如那尖叫一样惊迫

现在依然是
我们吃着买来的橘子
把黄绿的胆汁涂抹到
孩子的脸上

芥　菜

就要被煮熟了
被粗砺的盐腌渍了一个冬天
我父亲的脸
掩埋在十几颗芥菜中间
挥发着了氤氲的悲怆意味
历久弥深的意味则来自于医院
来自于来苏水的意味

若要旧事重提,则好似他种下的
这十几颗芥菜,哽咽在喉咙间
因为滚烫而落泪。自我在这
大而无当的城市里碌如草芥
就再无可能把他起获,再无可能
整个秋天都把他搂在怀里
现在,我死了,死死揪住他熟透了的内心

惊　蛰

我父亲从去年秋天的茧里爬出来
吃刚刚埋下的玉米的种子
他潜伏在田埂间已经数月
从去年夏天的花粉到抽穗
到玉米灌浆的时候,他已经吃得
田野一片黑暗。他终将回到他的茧里

睡觉,或者终老。终老如这天气
下起雨来,丛林开始发黑,如涨起来的
暗河。河中的小径已成无法通过的沼泽
横在睡觉或者终老的途中。哦,途中
他的茧已经涂满了霉菌,来自于玉米的
螟虫,来自于这节气里的屈辱

糖 糖

糖糖,第八天的时候,雪狮子在外面翻滚
窗外,已经发黑的松针上簌簌落下它的银鬃
糖糖,这不是你父亲的本意。他看着你啜喏的小嘴
想起了明年秋天的玫瑰和菡萏,那时候
写作已经进行到第十个年头,在天朗气清的日子
他随意进出的两个词,怎抵得上你轻盈的一笑
中午的时候,他把书放在一旁,然后凑近你的小脸儿
好像有一曲未终,那纯正的韵律在你体内搏动
两条紧绷的小腿儿在高声部的时候灵巧的一蹬
那时那刻,你父亲是一个须发挂满秋霜的猎人
带领你突入平原和森林,寻找一只逃离的兔子
糖糖,再有 20 年,你父亲就是你身后的阴影了
他贫穷、懦弱、邋遢,和你母亲分房而卧
请你原谅他。但是,从现在开始,他和你团结如玉

我父亲

午饭的时候父亲刚从棉花地里回来
他打电话过来,语气好像踩在棉花垛上
我说了保重身体一类的话,电话就挂了
15 年来,我们总是这样,言犹未尽
余下的话靠揣摩和猜测。昨天刚刚下过雨
他的意思是棉花不一定丰收。15 年前也是这样

歉收的时候就好像亏欠了别人财物一样
那时候他刚 40 多岁,干起活儿来
眼睛就瞪成了铜铃,小腿儿上的青筋
裸露在外面。但是丰收的时候太少了
每次他掰着手指头数年份的时候,我都想起
他给我做的木头手枪,扳机藏在手指窝里
枪声一响,就是现在了。我甚至不知道
他是怎么老的。总之,上一次我回家的时候
他好像有点冷漠和拘谨,背对着我
紧弓着腰,只顾着捆一捆干枯的棉花秆
直到把自己也捆了进去

在妇产医院

走廊是五尺,手术台是三尺
我迂回着,为了谋求诡异的钝器
隔窗澄明,产妇在阵痛
仿佛试探性的考古
一个人就要降生
就要接续一个人的中庸
有一曲评弹就要
被打捞上来
请谨慎的乐观,看看吧
在这个苦艾燃耗的黎明
看看天使怎么在群体间
消毒并使用驱赶
我迂回着,口中衔着噤声的枚
喉间滚动着一个军团
那些钝器
悬挂了止步和请勿打扰
我迂回着,仿佛背负着一座寺院
我相信,三尺之上
神明已经显现

番禺路诗歌（6首）

纪念那个经常会摇晃的人

他会像五月的麦秆一样摇晃
也会像绿色的烟叶一样摇晃
有时候，他会抵制那来自自然的力
只是，不经常
五岁的时候，他感到了内心的摇晃
这是什么样的力？他不知道
他猜不透
但他深深记住了
那踩在高高的麦垛上使他摇晃的力
以及坐在车上使他跟随道路颠簸而摇晃的力
在各种摇晃的方式中
他最愿意
像他祖父草帽上的带子一样轻轻摇晃
或像一根下垂的枝条一样轻轻摇晃
他轻轻摇晃的时候
一阵风吹来，他会快乐
又一阵风吹来，他会更加快乐
他不知道，在他摇晃的时候
有些地方会比以前摇晃得更厉害
有些地方刚刚平静了下来

给明天的一封信

保佑一个灵魂吧
愿她曾美丽如苹果
如闪电
如春雷滚过树梢
愿她的降落也如果子的降落
和白杨的降落
愿她的寂静
胜过夜色的寂静
胜过黑色,蓝色,白色的寂静
胜过消逝本身所要求的寂静

时辰不早
我们必须要像木头、剪刀、字典
一样安眠

轻风吹动下午

吊车缓慢地摇摆,小雨缓慢地下落
从工人文化宫一直下到我的头上
我是说,我说下到谁的头上
就下到谁的头上

背着书包,穿夹克的人
喝凉水,在门口卖樱桃的人
赶着马车铃儿响叮当的人
躺在树阴里做梦的人

让我们做青春易逝小树叶的梦

白日永昼炎夏的梦
我们梦到给口渴的驴子喂了一口水
于是推动了世界的前进

世事纷纭的消息

我不能使用我乱纷纷的思想
穿越世间纵横的道路
但当知了寂寞时,我亦应有感知
一如放下锄头的祖父在各省流浪
或者,这不是死亡

用人生的第三十八个春天发电,寄语亲人
亦愿小小的湖泊,从祖国的四面八方应邀而来
告诉我地球多故而人类仍然年轻

永远是

是两条小河用过的汉字
是卖豆腐的梆子,在民国的早晨
是死去的同伴,是知道我小名的人,是我自己
是童年,林阴道,南方来的拨浪鼓
是女孩,轻唱我爱北京天安门
桑树是使春天到来又离去的力量
而枣树使小辛庄昏黄
是白杨,蝴蝶,牵牛花,扁豆架
是世界辽阔无边,我们尚不知晓。我们睡觉
我们做梦,我们游泳,我们没有划桨
是一九八一年,很多我们在一起摇晃的日子
是明天可以见到,我一定会高兴,我一定
再次回到你身边,永远记得那永不结束的劳动
是含着粗盐粒感到的幸福,却无法写下这一切

是秋天,但我耕作的土地不曾散发成熟的气息
是我无法说出,是我不能看见,是我不能
是啊,永远是,永远是

春天的孤独之心俱乐部之歌

春天,我唱李白的歌和杜甫的歌
我说,让我像人类的大地一样安眠吧
让我像木匠的小凿子一样静静地等待他的使用吧
而且,大雪已经停止
太阳在我的额头一闪
寂静就已经不能更加寂静
春天,我唱勃郎宁的生活之歌,怀乡之歌
我说,让我像人类的大地一样颤栗吧
让我像木匠的小凿子一样敲击你的心灵吧
在所有有车辙的地方
让我爱上一尾不存在的小鱼吧
啊,太阳在我的额头一闪,我也将叹息:
让我为万物命名吧

泉子诗歌(9首)

听 琴

野鸭在水面上弹琴
你是它唯一的听众

而你在岸上射箭,以作回赠
但它早你一步命中靶心

大地为你们送来一面镜子
只有一面,但你们各得其一

野鸭从镜子中发明出一个孤岛的喜悦
而你为你发明了万古愁

川上的绝望
致黄纪云

你愿意老于一堆肉
还是一堆用皮囊包裹的枯骨?
不是我执意在这个以疑惑编织的尘世中
发明出更多更新奇的疑问

而是在这个看似个人性的问题之中隐藏着一个更为普遍的答案
更多的人把瘦等同于弱
并从中发明出一个时代，一群人共同的羞耻
你一次次自问
你愿意成为一个时代那触目惊心的标识吗
就像星光穿越了亿万年之后残留在夜空中的疤痕
你想起了佛陀的无言
你想起了孔夫子在川上的绝望

幸存者

我经常会羡慕米沃什所经历的时代之大
"在窗玻璃在冬日正午庭院闪着霜的
咖啡馆桌子面前的那些人中，
只有我一个人幸存。"
但，在任何一个时代
诗人又何曾不是那唯一的幸存者呢
当米沃什成为米沃什
当你置身于这个物质至上
商品泛滥的时代中
当你在一个喧嚣的时代
（或许这里有着所有的时代的风貌）
发明出你一个人的孤绝

惟有无言才配得上这生命之寂寞

是让美成为永恒的信物
就像空谷中的幽兰
就像更多永远不为人所知的生生与灭灭
还是为更多的人能发现、感受与分享
这必须以孤独与寂寞浇灌的旷世之美
而甘愿去忍受繁华所带来的破坏与残缺

在深冬微雨中的曲院风荷
你向小径两侧光秃秃的梧桐发问
你向一个空无一人的古亭发问
你向一颗从你的眼前滑落,并在湖面上洇染开来的雨滴发问
是的,你并不期望一种回答从任何的声音中浮现
包括来年春天那些争先恐后的嫩绿
那些红色、黄色或白色的花骨朵
以及燕雀上下的翻飞与啼鸣
因为你知道,惟有无言才配得上这生命之寂寞

汶川大地震
——给 GY

我们从印度洋海啸说到最近发生的冰岛火山爆发与玉树地震
我们谈起自然力的强大与作为万物之灵的人的渺小
这些频繁的灾难是否是那唯一而确定的世界
对这个不断膨胀的,以自我为中心的时代的人们有力而明确的警
    示与嘲讽?
我们谈到我在 2005 年初写下的《相安无事的鱼》
作为刚刚发生在万里之外的印度洋面上的一场巨大的灾难
在平静的西子湖上激荡起巨浪,因一种罕见的寒冷而凝固
并得以穿越无数个我们回望的日日夜夜
印度洋海啸之后再也没有别的灾难了
那是整个岛屿的灭顶之灾
是宇宙最新的一次坍塌与毁灭
没有任何生命得以赦免
没有诺亚方舟
或者,我们把那个岛屿之外的陆地作为神的世界许诺给我们的诺
    亚方舟
如果我们继续着这洪水之上的漂流
并为我们亲眼所见而吓得发抖
如果我们战栗着,但没有读出怜悯与慈悲
那么,一定会有新的洪流

一定会有新的诺亚方舟

或许，是更小的

为一只蚂蚁更自如地驾驭

当我们说到离我们更近的汶川大地震时

我们出现了不小的分歧

你说自然力太强大了，它甚至不需要我们特别地去指出或揭示它

在我们寄居的星球上的可考据的灾难中

没有一种灾难大过直接造成恐龙灭绝的那次自然的变迁

而相同的变迁将同样降临于我们

那么，又将由哪一种生命的形式来说出这次降临于我们的新的变
　　迁呢？

你说，相对于天灾

人祸更让人悲伤与愤怒

你曾因此患上严重的忧郁症

整夜整夜地失眠，以泪洗面

你说，如果那块地面上的建筑

严格落实了国家法律所明确的标准

如果那个准确预测了这次灾难的预言者

他的预言不是作为可能引发社会动荡的不和谐因素而被有效地屏蔽

那么，这一场巨大的灾难或许就不会有如我们今天所见所知的惨烈

"但人祸何曾不是天灾的一部分，并作为它的延伸

譬如，原子弹

这个人类新近发明出来可以毁灭我们自身无数次的怪物

而我更愿意把它作为自然力的一部分。"

你把我的微笑比作一种辩论术的胜利

但辩论是不重要的，我说

在第二天清晨，同样的微笑浮现在你的脸上

你说你刚刚睡过了近两年最踏实的一个夜晚

什么是克服

什么是克服？

大是对小的克服吗？

善是对恶的克服吗？
真实是对尘世的克服吗？
当我们从飞机的舷窗上看见
珠玛朗玛峰,那为白雪覆盖的针尖
这是否意味着一次对大山的克服呢？
或许,但不
如果克服不至于沦为一次马背上的远足
如果黎明不是一个瞬间
而是光对漫长的黑夜持续的穿透

相　遇

如果你没有从山势的绵延中读出河流的恣肆与奔腾
如果你没有从一个岛屿的矗立中读出因时间深处的严寒
而得以聚拢与凝固的一朵浪花
那么,你就从来没有见过山,你就从来没有见过水
你从来没有与那在因缘合和中得以显现的万物相遇

真实是什么

一对青涩的异国小情侣
他们相互凝视的眼神让我羞怯
或许,还有一种不真实的疑惑
是虚幻的吧!
一个不再相信任何童话的人
是一个长大了的,还是一个衰败的人？
或者说,真实是什么？
那些因我们这样与那样的懦弱所导致的
生命中美好事物的丧失
那些丧失的,是否都是不真实的？
甚至作为它们从来不曾存在过的证据？
那个丧失了勇气的人

那个节节败退的人
那个不再有足够的力量来与生命中的美好相认的人
那个绝望的人
只有这将多数人捕获的绝望才是真实的吗？
哦，这多数者的暴政！
而一群蚂蚁面对由秋天枯黄的树叶堆积成的崇山峻岭时的哀怨
与星辰们低垂的目光随我们寄居的星球表面的凹凸而微微起伏
它们之间，哪一种事物更接近于真实呢？
我想起了多年前读到的
由一个女同性恋者写下的一篇凄美的文字
那同样由肉体与灵魂双重的牵引而迸发出的，但因作为少数者的
　　体验
而遭到了普遍的质疑，甚至谴责的情感
她在绝望中的坚持
或许，她的坚持正因绝望而获得了动人心魄的力量
或许，真实只是在我们克服了自身的褊狭时
那得以向我们显现的裂缝之中的辽阔与无边无际

拯　救

村里一位寡居多年的老人，她通过一种坚韧而顽强的生活成为了
　　她同龄人中的极少数者
而成为更少者之一，甚至是那唯一的人，是她在这一刻全部的激情
除了高龄，在这个不大不小的村庄中，在过去八十多年里，她一贯
　　的强势
以及通过赤裸裸的言辞来获得利益的能力
都为她在这个村庄甚至在这个村庄之外赢得了不薄的名声
（最初，人们把她的强势归因于她在省城工作的儿子
而她的儿子，已死于二十三年前的一场车祸）
最新的控诉者是村庄中的另一位老人，
她正在村前的河流一个急促的拐角处用网兜捕鱼
（那是一种比柳叶更小的鱼，味道鲜美，
用它们制成的小鱼干，在离村庄五里外的小镇上已卖到了一百五

十元一公斤）

我们的主人公把她的网兜放在控诉者的网兜的前面

她说,这是她的邻居最新发现的宝藏,而就在半小时前

她的邻居刚刚从这里满载而归,并向她推荐了这一处发现

愤怒的控诉者,在一场似乎不可避免的冲突一触即发的一刻退却
　　下来

并又一次成全了胜利者习以为常的胜利

但控诉者的愤怒并没有在胜利者嘴角皱纹深处得意满满的冷笑中
　　消失

而是借着薄暮的余光加速地传递着,并一次次地点亮了村庄中那
　　些散落的炊烟侧畔的餐桌

并一次次地激活了那些因长年累月的辣酱败坏了味蕾的昏暗中的
　　舌头

在我即将返回省城的另一个上午,

她,也就是我们依然习以为常的胜利者,摇摇晃晃地走进来

(她的脚因为在水中长时间的浸泡而霉烂了)

并把一个装满了密密麻麻的新鲜小鱼干的矿泉水瓶塞进了我的旅
　　行包中

她说,你尝尝吧,这最新鲜的,用千岛湖上游的水喂养的小鱼

我迟疑着,并没有退回一位长者对长年客居他乡的晚辈的朴素的
　　热情

在多年之后,一种越来越强烈而深切的感动

并非来自对一次口腹之欲得到满足的记忆与回想

甚至并非仅仅作为对这样一种朴素的情感的感激

而是一位老人用八十多年来绵长而坚韧的生命轨迹为我敞开的启示

那无数的成功与获取最终没有在我的心中激起一丝羡慕的情感

而是一种深切的怜悯与同情

这之后的,那使自己最终免于这相同的命运的所有的努力与坚持
　　都是值得的

并最终成功地将我从因被平庸者与钻营者一次次超越带来的伤害
　　与痛苦中拯救出来

跨界・CROSSOVER

傅聪

　　钢琴家,有"钢琴诗人"之称。

寒碧

　　《诗书画》杂志主编。

傅雷、黄宾虹与道艺人生

——傅聪访谈录(二)

寒碧

寒碧：您前面说黄宾虹的画很有"现代感"，可能就是指这种抽象的形式感吧。傅敏先生家里那几张，我反复拜观，就是这种感觉。

傅聪：话又说回来，这大概也是父亲不认同抽象画派的原因。他推崇齐白石，除了"天赋的色彩感"，还有"对事物的新鲜感"，但同时又强调"实物云云，引子而已"，"图自然之性，非剽窃其形"，"物形或未尽肖，物理始终在握"，总之是"天然外加人工，大块复经熔炼"。

寒碧：这与黄宾虹完全一致，我前面提到那句"绝似又绝不似"，原句是："绝似物象者，此欺世盗名之画；绝不似物象者，往往托名写意，亦欺世盗名之画；惟绝似又绝不似于物象者，此乃真画。"其实就是"图自然之性，非剽窃其形"；"物形或未尽肖，物理始终在握"。很多人误解甚至批评、怀疑宾翁的表述，其实根本没看懂，如果他们读到傅雷先生这两句话，一定恍然大悟。

傅聪：父亲对宾翁太了解了，算是心魂相守，两人的观点也极相似，不妨"你中有我，我中有你"。

寒碧：您是大音乐家，又有着非常扎实的诗学画学修养。音乐和绘画是相通的，诗歌同此，法书亦然。您就它们之间的关系多讲几句，我对您这方面的经验和感悟有极大的好奇。

傅聪：博约之间，会通之际，还是一个人的气象。不能局于一隅。黄宾虹的书画好，其实诗也好，他本身就是南社的诗人。他还提出"书中当有画意，画中当有诗意"，都是打通来做的。

寒碧：怀特在评价您的演奏时就谈到诗，说在您手上，肖邦有层次、有戏剧冲突，更有深刻而敏锐的穿透性和轮廓感，没有脂粉气，也不拐弯抹角，却如诗一般，而且是又雄健又深思的诗。

傅聪：算是谬奖吧。

寒碧：刚刚您说到上海音乐学院的那位教授，他认为您的音乐与宾翁的绘画相通，我想，除了从具象抽象的视角获得理解，心思才智、情感教养、文化底蕴，仍是最有启发性的方面。记得您在上世纪五十年代谈到巴赫，认为皮罗的版本太夸张，把巴赫的宗教气息沦为肤浅的戏剧化、才子佳人式的浪漫。您更重视那种"深刻的、内在的、沉着的热情"，"有一种信仰的力量支持着"。我觉得正可以回施给您的音乐，也可以迻评黄宾虹的绘画，这已到了人生和艺术的极高境界。

傅聪：控制感情，中国人叫"情操"，就是文化修养。热烈不是宣泄，冷静不是冷淡，最忌高远失中、偏激不平，这是中国哲学的理想。那时我很年轻，父亲指导我的演奏时曾说："假如你能掀动听众的感情，使之如醉如狂，而你自己屹如泰山，像调动千军万马的将军一样不动声色，那才是最大的成功。"他希望我把这种境界作为一生努力的目标。

寒碧：傅雷先生对音乐的鉴赏力如此之高，包括绘画、雕塑、书法，确都太宽大太坚实了，而这一切都有一个文化心灵、哲学思想作支撑。这是他最深的修养、最大的境界。有这种境界的人，观通不妨照隅，求末亦皆归本。不管在哪个领域，一上手就当行，并且不会有"行业气"。比如他的法书，就刚柔相济，得天地之秘，也反映出他的性情气质、品格风调。

傅聪：父亲的字，精谨不苟，步步为营，确如其人。不是那种流便妍美的风格，也有着前后不同的变化。可以比较早期的《世界美术名作二十讲》和后期的《希腊的雕塑》手稿，前者隐秀，后者沉厚。父亲被打成"右派"之后，周熙良伯伯来宽解他，劝他尝试写字静心，他就开始临写北碑，所以后来的字，体更方，力更厚，当然，也融入了当时的心境，更清洁、更沉重、更内敛了。总之,父亲并不是书家,因为学问富、修养高,字里行间就自然流露出学养,就是人们常说的"书味儿"、"书卷气"。而也正因为不是书家,他也没有拉开架势逞能角力的毛病。

寒碧:没有"书匠气",尤其没有"江湖气"。

傅聪:黄宾虹就不同了,他的字远在并时书家之上,那种味道、意趣,既天真又古厚。如此高超的书法,现在还少有人研究。我藏有他的一张小画,上面满题长跋,布位很特别。一个朋友告诉我,这可能是从一幅大画上裁下来的。但我却非常喜欢这种结构,满幅书卷气、满纸修养心。

寒碧:黄宾虹对书法极重视。他讲过"作画当如作书,国画之用笔用墨,皆从书法中来",所以"画法全是书法"。他提出的"平圆留重变",也都从书法中总结得来。他自己的书作除金文有形迹上的推敲或布置,其馀都是信手生发、自由使转,到了"以神遇不以目视"的境界。欣赏这样的作品不能靠"专业"伎俩,或者说,用"常规"很难"研究"。

傅聪:其实"书画同法"并不是黄宾虹的创见,唐代的张彦远、宋代的郑樵都有论述。在我看来,黄宾虹却也不是简单重复前贤的观念,他有丰厚的实践经验是一,其二是他把这种论述发展了,一方面强调"书法通于画法",一方面又说"书中当有画意","以山水作字,而以字作画",这是值得研究的。他让书法走向画法,极有想象力。但就面临了您讲的"专业"或"常规"问题,人们喜欢铢称寸度,也容易求疵索瘢。其实,黄宾虹已将书画打成一片了。这是他的创造成果之一。在他那里绝不存在"恐书不精,有妨画局"的问题。

寒碧:傅雷先生对黄宾虹的评价,您印象最深的是哪句话?

傅聪:"黄宾虹是集大成的,几百年来无人可比,是古今中外第一大画家!"父亲还说:"黄宾虹先生如果在七十岁去世,他在中国绘画史上会是一个章节;如果在八十岁去世,他就会是一部书。他是九十岁以后去世的,所以说,他已是一部大辞典!"

寒碧:真精彩!我一直大惑不解的是:许多大文人、大学者,他们的心思才智极高,文情道养不浅,但艺术眼光常常蔽而不明,尤其对于书画,往往毫无见地。一幅行画、俗画,所谓"工笔牡丹大被面儿",他们却张灯钉壁,读之津津;高谈阔论,终未了了……他们的学问修养真沉博,审美品格却极浮薄。傅雷先生真的很不同，不但目光如炬，而且分析精到，鉴藏严择慎取，评断不避不忌：比如，他讲吴昌硕和齐白石"那种强劲的线，不是怎么高级的，白石的线变化并不多，但比吴昌硕多一种娜娜妩媚的青春之美"；"至于从未下过真功夫而但凭秃笔横扫、以剑拔弩张为雄浑有力者，直是自欺欺人，如'大师'即是"；这个"大师"，"徒有其貌，毫无精神，一味取巧，骗人眼目"，"他的油画笔触谈不到，色彩也俗不可耐"；"同样未入国画之门而闭目乱来的，如徐□□"；"大千是另一路投机分子，他自己创作时，充其量只能窃取道济的一鳞半爪，或者从白阳、青藤、八大那儿搬一些花卉来迷人唬人，往往俗不可耐，趣味低级"……都是激浊扬清、正义直指、冒不韪犯俗议的。除了不阿私，更有真见解；除了艺术视野，也证明他的感觉锐度。更多人的高谈阔论，往往只有观念、只有看法，没有感受。

傅聪：视野和感受同样重要。当然，专业性也很重要；而艺术良知、艺术真诚尤其重要。父亲一九二八年到法国留学，研究方向之一就是美术史。二十四岁时在上海美专写成《世界美术名作二十讲》，就感叹"学殖湛深之士方能识学问之无穷"，"惧一言之失有损乎学术尊严"，特别强调人品学问，以表显艺人的操守和修养。他对黄宾虹的推崇，"笔墨"之外，是文化品格和人生境界，他对其他画家的诚实果敢的批评也基于此。他说："近代各家除白石、宾虹二公外，馀者皆欺世盗名。而白石嫌读书太少，接触传统不够；宾虹则广收博取，不宗一家一派，集历代名家精华大成。"但即便如此，他也不为尊者讳："偶见布局过实者，或层次略欠分明者，谅系目力障害或工作过多，未及察觉所致。"照例要给他推崇的宾翁提意见。父亲太严肃太执着，是因为他以艺术为性命，以学术为公器，有一份责任感。一九四三年他致书宾翁共勉："至于读书养气，多闻道以启发性灵、多行路以开拓胸襟，自当为画人毕生课业；若是，则虽不能望代有巨匠，亦不至茫茫众生尽入魔道！"可见其苦心。另外，由于他的眼光高、修养深、视野广，因此对大家名作有一种天生的敏感和发现的慧心，他研究过达·芬奇、拉斐尔、卢本斯、伦勃朗，写过塞尚，并拜见过马蒂斯，他用大量的时间观摩原作，精细地分析、推敲，有纵的考察，也有横的比较；对中国古代绘画更是如数家珍，有相当深厚的积累。他对黄宾虹的发现和推尊是水到渠成，他对并时画家的批评或诘难也是势有固至。

寒碧：吴为山写傅雷对美术的贡献，就引了"欺世盗名"这段话。极严苛的。其实稍往后看，我觉得潘天寿就很了不起。我眼中的近现代大画师，黄宾虹的道养心养、齐白石的活色生香、潘天寿的大义凛然，鼎足而三。

傅聪：林风眠也很不错。

寒碧：除他们外，您还喜欢哪些画家？您长期生活在西方，可否笼统地谈谈对西画的观感？

傅聪：凭本心讲，我是搞西乐的，应该了解西画。但对西画，我还真不如对国画更热爱。准确地说，应该是对黄宾虹的国画更热爱。一方面，我本身就喜欢山水画，因为它确实代表了中国人的精神和理想世界。我小时候在上海生活，没有看过真山，看的都是画里的山。差不多十三四岁才第一次真切地看到山……好像三四岁时，举家逃难到广西梧州，懵懵懂懂地能记起那里山的颜色、水的声音，还有印象的是江边血肉模糊的抗战伤兵，那是山痕血痕、国殇国难，是创痛记忆。后来又回到上海，父亲也时常对我讲起黄山如何美，不过，前些年我去了黄山，大观斯在，却仍觉得没有画里美。另一方面，我一辈子搞西乐，从二十几岁出国，现如今，每年回来讲学、演出，也只住几个月。长期在外面，虽受欧风沐浴，但正如父亲所讲："身为中国人，决不能与自己的传统隔绝。"我的理想世界还是中国的山水世界，心魂都在山水画里，还坚守着中国的价值观念、传统的文化感觉。比如很多人听我弹琴，觉得我和西方人弹得不一样；中国人、外国人都觉得不一样。这不完全是性格禀赋、个人感觉所致，恐怕也是我和西方音乐家的内心追求、精神价值不同，背后的文化感觉、观念支撑不同吧。我看黄宾虹的画，心灵随时可以深入、融化，都与这种坚守相关联。我刚才讲不太喜欢傅抱石，还是因为他传统的东西少，所作抒情效果多于笔墨真质。张大千先生能力很强，但品格不高，有些客气俗气，或名士气；刘海粟先生虽接受了西方的新理念，但缺根少实，胆量很大，画得太空，反不如黄宾虹与西方紧逼接近；黄宾虹所作和印象派甚至野兽派有神理上的一致性，也丝毫不乏所谓"现代感"，那时黄宾虹是最懂西方的，也是最懂中国的。

寒碧：是的，傅雷先生谈融合中西的问题时，也特别强调有中国人的灵魂、中国人的诗意、中国人的审美特性；再加上技术训练和思想酝酿，才能得其真际。黄宾虹对中国文化传统的理解太深了，与之相应，他对西方的理解也不在浅表，所以他能断言"本无中西画派之分"，"中国之画，其与西方相同处甚多"，"所不同在面貌、在材料工具"，"而于精神，人同此心，心同此理，无一不合"。都是深入到最本质的方面看问题。您刚才说到对张大千和刘海粟的看法，我也有同感，归根结蒂，还是他们流于浅表：张先生能备众体，却也染成习套。画得不错，但与艺术（创造）无关，仅得了传统技术的表面,不是"灵魂";刘先生感觉上仿佛与艺术有关,但粗作大卖,漫浪无稽,可稽的倒是渔猎模仿臆改,抄人家太多。傅雷先生说他"没下过真功",一点儿都没冤枉他;他学西方,也是徒有其貌,无法进入到"思想"。问题在于,张、刘二先生应属一类人,都好浮华喧哗,重外轻内而随世俯仰。清人郑静庵曾说"文章有经世者、有名世者、有应世者",这位学问家还是厚道,他应该加上一个"混世者"才对。您刚才说到"名士气",再下一等,就是"江湖气"了,就是"混世者"了。令人想到庄子说的"道腴"之辈,所谓"饰辞聚众以媚一世",也对应吻合了孔子讲的"群居"之人,所谓"好行小惠,言不及义"。表面文章做得很足,就是不往里面走。混得名满寰中,俗得人皆意外。

傅聪:父亲和宾翁恰恰与之相反,是重内轻外,学富而行修,德充则道显。对于"流辈以艺事为名薮、以学问为敲门砖",他们"怵目惊心"。他们所为"艺事",既不会沿袭古人的程式,也不会重复旁人的感觉;他们所为"学问",都有谨重的作风,但绝无拘执琐屑。他们都有广大的视界,但绝非大而无当。他们也有尘世的声华,但总是"在众不忘其独",以为"一时之毁誉不足凭"、"一时之名利不足喜",最忌庸俗与媚俗。他们也永远不会"缮性于俗学,滑欲于俗思",更不会虚张招摇、大言唬人。而是沉潜到心底,厚积而薄发;从容淡定,雍容大气。他们的人生,本身就是艺术。

寒碧:林风眠呢?

傅聪:人生体验、艺术照察,一往情深!内心里有深切的忧伤和无奈,转而在画中寻求真善美的理想世界。父亲曾说他"诗意浓郁,自成一家,以人品、艺术良心及个人努力论,他是老辈中绝无仅有的人"。大约是因为抗战时颜料及画布奇缺,他就改用宣纸和广告色,叫粉彩,但不是水粉画的效果,反倒近于油画,所以父亲说他形成了另一种融合中西的风格。我结婚时父亲曾送我他的画作纪念,极精美,感受深、境界高。上世纪八十年代,我曾到香港看望过他,很可敬可爱的一位长者。忆及家父,他对我说:"你爸爸鉴赏力不得了!我画里的弱点,逃不过他的眼。我最满意的作品,他抢先要收藏。他手里黄宾虹的画,都是精品中的精品。没的说!"

寒碧:是的,很多人都叹服傅雷先生的艺术鉴别力,我看还是他的渊通在起作用。您刚才讲到了他对中外各时期各大家绘画的醉心赏会和潜心研讨,当然也更清楚他对西方音乐史的把握也是广大精微兼能极尽。其实整个西方艺术史都在他的视线里,否则他就译不出《艺术哲学》。您说他的艺术探究是累积性和化合式的,很准确,其实就是深入了各门类的核心领会把握，又联结了各门类的特点统摄贯穿，形成了一个能动的有机关联。

傅聪：不仅是各门类的关联，而且是广大与精微的互补、结构范围与具体细节的映蔚。您讲的"统摄贯穿"，就好比结构范围；您讲的"核心把握"，则好比具体细节。父亲说过："艺术品是用无数有生命力的部分构成一个有生命力的总体"，反过来看他的鉴赏学，完全一致。

寒碧：换个角度也可以说，知性的逻辑力和感性的想象力，也构成他鉴别力的基础。这个问题深挖细究还要占时间，留待他日吧。还是顺着前面的话题，接着讲您自己。谈一谈古代画家吧，宋元就不讲了，讲明清吧，您喜欢谁？

傅聪：石涛、八大。青藤也很喜欢！真是痛快淋漓。有件趣事跟您讲：父亲和周熙良先生是好朋友。周伯伯过世以后，我去看望周伯母，她把周伯伯生前收藏的一些名画拿给我欣赏，其中就有一本青藤的册页。画得很精，每帧上面都有题字，都是同一字体，又有各种印章：徐渭呀，文长呀，天池呀，不计其数，从笔墨到用纸到装裱，完美极了。周伯母看我喜欢，干脆送给了我。其实我虽喜欢，却疑心不是真画。您想想看，明代的作品，四百多年下来，完美无缺，怎么可能？我记起父亲曾对我讲，张大千造假的本事很大，就猜想会不会是他的仿制品。一九八二年，我第一次赴台，因为政治上很敏感，怕麻烦，也不知是否可能会见大千，就没有带这本册页，结果想不到竟然见到了他，我只好"托诸空言"，把册页的情形讲给他，他也大感兴趣。只可惜我未能释疑，要是能让他亲自观摩一番，就可以弄清楚我的推断是否正确了。

寒碧：金冬心呢？我觉得他的画品格很高。

傅聪：金农很深粹，不入俗人眼。理解他不容易，需要特殊的眼光和修养。上世纪六十年代，我去瑞典演奏，我住的宾馆楼下，有一个瑞典汉学家开的古董店，就有一本金农的册页出售。可惜当时不太懂，没有买，后悔极了。中国的书画作品流散出去太多了 ……我当时还买过一本李复堂的册页，也很精。我卧室里这张无款的八仙图，也是从瑞典买回的。您看那两张小画（按：挂在钢琴上方），好像是日本人的仿汉画，题材是中国的，作风上很生拙，当时觉得好，就买下来。

寒碧：这两张确实不错。日本画总的看来气局小，办法少，书法很高，可惜未与画通。

傅聪：这幅潘天寿（按：挂在沙发上方）是在香港购得。这幅齐白石是旧藏，从小看到现在……

寒碧："荷锄带月"，这是写陶诗……

傅聪：我也热爱齐白石的画，很自然，生气淋漓。但还是不如黄宾虹深厚，父亲说，这是他读书少的原因所致。

寒碧：我也很认同这种评价。尤其是在士夫气象方面，黄宾虹所作差不多可称空前绝后。但齐白石还是好！好在天工与清新、自然与自由；熟得生、俗得雅……除此之外，傅雷先生是否与您讨论过其他画家？对并时的诗人有过何种评价？

傅聪：父亲对徐悲鸿的做法不抱好感，认为他是把中国画引向歧途。他好像谈起过郭沫若的诗，记不太清楚了，但印象中是肯定多于否定。他也说起过鲁迅，不赞同他"好骂人"，但特别喜欢《阿Q正传》。文学上他推崇沈从文，小说则喜欢张爱玲。

寒碧：不管怎么说，从诗才上看，郭沫若应算上"奇横不可当"了，至于应世应侍，一则是他的"意志自律"的薄弱，一则也是"历史力量"的强大，这又另当别论。我倒愿意谈谈傅雷与徐悲鸿的顺逆。徐先生最大的问题是断限自牢、又矫枉得弊。他以西方的写实为衡准，一方面攻击中国"古典"，一方面反对西方"现代"，其实两皆未安。他与傅雷先生的立场也完全不同，傅雷先生推崇塞尚，他则竭力贬斥；傅雷先生拜访过马蒂斯，他却骂人家"马踢死"。与傅雷先生相比，一方面他不具备那种广远的学术视野，另一方面也不具备那种精微的鉴赏目力。他对中西文化思想、哲学美学、文学艺术的真传统真精神实少深邃的理解同情。徐志摩当年就批评他的观念不入流，仿佛巴黎的市井之徒。较之傅雷先生，可以说他有些自用其愚，或者，也算是自恃其智吧！他影响下的"革命美术"毕竟成为一个时期的主流价值，影响到中国美术教育的整体走向。"歧途"也好，正途也罢，反正已称尊过了。不过，他的许多作品我还是很喜欢，气局很正大；关键就是"正大"两字，一出手就不同凡响。有人和我争论，张大千、刘海粟也都很"大"，不可以轻看。我说，比徐先生差得远！他们的"大"，不是作品的气局大，只是世俗的名气大；与同样具有这种名气的悲鸿相比，大得不正、大得不实、大而无当。

傅聪：精神性不够。徐先生毕竟是艺术家，毕竟没那种名士气。

寒碧：谈谈张爱玲吧。傅雷先生对她的评价敏锐而精准。既称其美，又顾其误，中庸有度。

傅聪：想来几十年过去了，真能透彻分析张爱玲的好文章并不多，父亲对她的评论当时是孤篇横绝，至今也未见"后起者胜"。那时他才三十几岁。记得那阵子，家里异常热闹，仿佛又有了一个高潮。父亲特别兴奋，不停地谈论张爱玲，我当时还很茫然。我是几十年后才读到父亲的那篇文字，对她的评价很高，同时也有指摘和开导。尤其是对她那种"淡漠的贫血的感伤情调"的批评，可谓一针见血。柯灵先生后来不止一次谈起：父亲有关张爱玲的评价是画龙点睛，嘉惠来学。前些年曾有过张爱玲热，父亲实是先声或远影。当然，凡事一热闹，就免不了逐波流、好奇乱道、变本加厉。时下有大批"张迷"，许多是盲目崇拜。

寒碧：其实"傅迷"也不少。但与"张迷"相比，大都头脑较清醒，仰慕而非盲目。这也形成了施受之间的关系对榫：张爱玲是世俗的，故"张迷"多"小资"；傅雷先生是"精神"的，故"傅迷"多学者。就像喜欢黄宾虹的人每每循名责实，喜欢张大千的人常常虚声谬采。当然，这是就整体趋向而言，并不可以一概而论。据说台湾的大明星林青霞就是个"傅迷"，前几年徐忠良策划出版《希腊的雕塑》和《世界美术名作二十讲》手稿，她想尽办法也没买到，就又托请香港的金圣华教授专门来上海寻找……

傅聪：用"傅迷"来指称热爱父亲的读者是我们两人的"善巧方便"，便于对话时"接着讲"，不一定准确，因为凡事一"迷"就容易发昏。迷信的人，大抵找不到真实。若干年来，我们因迷信付出了太多的代价。

寒碧：热爱傅雷先生的人除了仰其学问宏通、文采风流、精识明辨的目光、通方好远的思力，最重要的还是他的人格魅力，那种性情风骨、慈心悲智、价值尊严，又热烈又理性、又刚正又温情。

傅聪：严冷的背后是热情，原则的背后是恕道。他确是情感和理智特别均衡的人。所以，特别复杂的事，他会梳理得异常清晰，看似简单的问题，他会不懈抵于最深层，灌注强毅的力量，发现罕见的价值。仿佛王国维先生也属于这样的人。这种优秀品质是在好学深思中涵养出来的。当然，就禀性来说，父亲还是过于刚直，过于认真，做不到和光同尘，做不到一团和气……

寒碧：上世纪八十年代，施蛰存先生曾写过一篇《纪念傅雷》，就一再赞扬他的"刚直"，说他是"具有浩然之气的儒家之刚者，这种刚直的品格，在任何社会中都是很难见到"。他还借用了孔子的感慨:"吾未见刚者"……

傅聪:所以父亲也自称"始终是中国儒家的门徒",孟子不也是煽扬"至大至刚"吗? 除了"刚",还有"直":刚直、诚直,不虚与委蛇,不拐弯抹角,不迎合趋附,不"难得糊涂"。

寒碧:这确与他认真、执着的性格有关,较真论理,绝不含糊。好像杨绛先生有过回忆,他和钱锺书先生也曾"较起真"来。

傅聪:杨绛先生近百岁了吧? 她和钱先生同年生,比我父亲小三岁。我少年时,惯见他们与父亲来往。前些年去北京,我还去看望过杨绛先生。今年本想再去探访,但考虑到她已高龄,不忍打扰了……父亲与钱先生交好,证明他们气味相投,但性格上两个人差异挺大。那个年代,大批知识分子被整得很惨,受难、屈辱、苟活……想起来非常辛酸。也有不屈不挠的,像张东荪、潘光旦……结局您可以想象了。钱先生有两个优势:一则他是胡乔木的老师,加以学问好、外文精,就被请去主持毛泽东著作编译工作,等于被保护起来了。再则是他的知行较圆融,能以嘲弄的方式洁身自好,而不像父亲那样硬碰硬。他也多次劝说父亲要看穿悟透,说这个世界一定有荒诞肮脏不义,要含着眼泪笑对;所谓"天机尽是圆活,性地尽是洒落"。钱先生的价值立场一向明确,是令人尊敬的。杨绛先生也一样,柯灵曾有一个生动的比喻,说在那个残虐时期,杨先生像是"躲在墙角的一只小老鼠,只求得了可怜的尊严"。这就是您讲的"历史力量"的结果吧? 但也足见她是非曲直十分清楚。父亲和钱先生的一次"较真",是一九五四年北京召开了一次全国翻译工作会议,父亲并未到会,而是写去一份意见书,对译界存在的诸多问题提出批评;举出很多荒唐可笑的错误译例,自然触怒了不少译者。钱先生回应并建议:你既批评翻译界的种种错例,也该引用自己的一些错例。这样做的好处是,被批评的人比较容易接受。父亲太较真了,较真的人就会有这种的毛病:自己的错,在自己没有认识到之前,是没有感觉的。当然,一旦意识到了,那就会彻底纠正。看到别人的错误,批评时直笔公心,不虚美回避,很真诚很纯粹。但没有方法的反省,人家已经接受不了啦。我自己也是个较真的人,紧随了父亲的性格。这是血脉里的东西,很难改变,也因此得罪别人,吃到苦头。

钱、杨夫妇是很了解我父亲的人,连同我母亲,两家是至交。我小的时候母亲就讲,爸爸什么事情都要讲一个理,他不是计较事情本身,而是求得事外之理,公理、道理。

寒碧：提到您的母亲，我就又想到施先生那篇文章。也许会触及伤痛，您可以不必回应。施先生说："我知道傅雷性情刚直，如一团烈火，他因不堪凌辱，一怒而死，这是可以理解的，应该尊敬的。不过，朱梅馥的能同归于尽，这却是我想象不到的，伉俪之情深到如此，恐怕是傅雷的感应"……

傅聪：……（沉默）

寒碧：傅雷先生的辞世已成为文化厄史的象征，引发我们对普遍真理的思考，对主流价值的追问，对性格与命运、操守与人伦、尊严与亵渎、权利与权力、制度与观念，乃至文明与野蛮等实然或应然的重检。至大无外，答案在心。心灵力量必是另一种最有价值的历史力量。您刚才讲到傅雷先生与王国维是一样的人格，我即刻想到他们也有着共同的归宿：志极身忘、从容赴死！其价值支撑仿佛也有同一性？

傅聪：……（沉默）

寒碧：二十多年前，陈村在《上海文学》上发表了《死》，我至今仍认为是纪念傅雷先生的最好的文字，他说："傅雷先生的死是灿烂辉煌的！使活着的人觉得毫无颜色！"我想王国维也是一样，我曾说他"有大孤独、是真沉痛"，"奇哀遗恨，众愚未知"……能不能这样说：他们都是百凶不赦、百折不挠、羞恶不移、威武不屈，他们为尊严献祭，更烛照了思想之光……

傅聪：（沉默）……王国维遗书里不是写了"义无再辱"吗？"士可杀，不可辱！"这就是他们共同的价值支撑。王先生如此，父亲也是如此。他们的离去是对人类罪恶、野蛮、疯狂、残虐的否定，是孟子说的"所恶有甚于死者"。他们直面于死亡的深渊，却彻照了一个尊严的世界。

寒碧：滔天之象成，浩然之气在！人的尊严，生命的、精神的、道德的、文化的尊严乃是他们誓死捍卫的底线。但愿"一线不绝"……

谢谢您，傅聪先生。

余华

著名作家。现居杭州。

鲁尔福的无边界写作

余华

　　一个作家的写作影响了另一个作家的写作,这已经成为了文学中写作的继续,让古已有之的情感和源远流长的思想得到继续,这里不存在谁在获得的问题,也不存在谁被覆盖的问题,文学中影响就像植物沐浴着的阳光一样,植物需要阳光的照耀并不是希望自己能够成为阳光,而是始终要以植物的方式去茁壮成长。另一方面,植物的成长也表明了阳光不可或缺的重要性。

　　文学就这样获得了继承。加西亚·马尔克斯在他那篇令人感动的文章《回忆胡安·鲁尔福》里这样写道:"对于胡安·鲁尔福作品的深入了解,终于使我找到了为继续写我的书而需要寻找的道路……他的作品不过三百页,但是它几乎和我们所知道的索福克勒斯的作品一样浩瀚,我相信也会一样经久不衰。"

　　这段话至少说明了两个问题,首先是一位作家对于另一位作家意味着什么?显然,这是文学里最为奇妙的经历之一。1961 年 7 月 2 日,加西亚·马尔克斯提醒我们,这是欧内斯特·海明威开枪自毙的那一天,而他自己漂泊的生涯仍在继续着,这一天他来到了墨西哥,来到了胡安·鲁尔福所居住的城市。在此之前,他在巴黎苦苦熬过了三个年头,又在纽约游荡了八个月,然后他的生命把他带入了三十二岁,妻子梅塞德斯陪伴着他,孩子还小,他在墨西哥找到了工作。加西亚·马尔克斯认为自己十分了解拉丁美洲的文学,自然也十分了解墨西哥的文学,可是他不知道胡安·鲁尔福;他在墨西哥的同事和朋友都非常熟悉胡安·鲁尔福的作品，可是没有人告诉他。当时的加西亚·巴尔克斯已经出版了《枯枝败叶》，而另外的三本书《没有人给他写信的上校》《恶时辰》和《格兰德大妈的葬礼》也快要出版，他的天才已经初露端倪，可是只有作者知道自己正在经历着什么，他正在经历着倒霉的时光，因为他的写作进入了死胡同，他找不到可以钻出去的裂缝。就在这个时候，他的朋友阿尔瓦罗·穆蒂斯提着一捆书来到了，并且从里面抽出了最薄的那一本递给他，《佩德罗·巴拉莫》，在那个不眠之夜，加西亚·马尔克斯和胡安·鲁尔福相遇了。

这可能是文学里最为动人的相遇了。当然，还有让－保罗·萨特在巴黎的公园的椅子上读到了卡夫卡；博尔赫斯读到了奥斯卡·王尔德；阿尔贝·加缪读到了威谦·福克纳；波德莱尔读到了爱伦·坡；尤金·奥尼尔读到了斯特林堡；毛姆读到了陀思妥耶夫斯基……卡夫卡名字的古怪拼写曾经使让－保罗·萨特发出一阵讥笑，可是当他读完卡夫卡的作品以后，他就只能去讥笑自己了。

文学就是这样获得了继承。一个法国人和一个奥地利人，或者是一个英国人和一个俄国人，尽管他们生活在不同的时间和不同的空间，使用不同的语言和喜爱不同的服装，爱上了不同的女人和不同的男人，而且属于各自不同的命运。这些理由的存在，让他们即使有机会坐到了一起，也会视而不见。可是有一个理由，只有一个理由可以使他们跨越时间和空间，跨越死亡和偏见，在对方的脸上看到了自己的形象，在对方的胸口听到了自己的心跳，有时候，文学可以使两个截然不同的人成为一个人。因此，当一个哥伦比亚人和一个墨西哥人突然相遇时，就是上帝也无法阻拦他们了。加西亚·马尔克斯找到了可以钻出死胡同的裂缝，《佩德罗·巴拉莫》成为了一道亮光，可能是十分微弱的亮光，然而使一个人绝处逢生已经有余。

一个作家的写作也同样如此，其他作家的影响恰恰是为了使自己不断地去发现自己，使自己写作的独立性更加完整，同时也使文学得到了延伸，使人们的阅读有机会了解了今天作家的写作，同时也会更多地去了解过去作家的写作。文学就像是道路一样，两端都是方向，人们的阅读之旅在经过胡安·鲁尔福之后，来到了加西亚·马尔克斯的车站；反过来，经过了加西亚·马尔克斯，同样也能抵达胡安·鲁尔福。两个各自独立的作家就像他们各自独立的地区，某一条精神之路使他们有了联结，他们已经相得益彰了。

在回忆胡安·鲁尔福时，加西亚·马尔克斯指出了这位作家的作品不过三百页，可是他像索福克勒斯的作品一样浩瀚。马尔克斯不惜越过莎士比亚，寻找一个数量更为惊人的作家来完成自己的比喻。在这里，加西亚·马尔克斯指出了一个文学中存在已久的事实，那就是作品的浩瀚和作品的数量不是一回事。就像 E·M·福斯特这样指出了 T·S·艾略特；威廉·福克纳指出了舍伍德·安德森；艾萨克·辛格指出了布鲁诺·舒尔茨；厄普代克指出了博尔赫斯……人们议论纷纷，在那些数量极其有限的作家的作品中如何获得了广阔无边的阅读。柯尔律治认为存在着四类阅读的方式，第一类是"海绵"式的阅读，轻而易举地将读到的吸入体内，同样也可以轻而易举地排出；第二类是"沙漏计时器"，他们一本接一本地阅读只是为了在计时器里漏一遍；第三类是"过滤器"类，广泛地阅读只是为了在记忆里留下一鳞半爪；第四类才是柯尔律治希望看到的阅读，他们的阅读不仅是为了自己获益，而且也为了别人有可能来运用他们的知识，然而这样的读者在柯尔律治眼中是"犹如绚丽的钻石一般既贵重又稀有的人"。显然，加西亚·马尔克斯是一颗柯尔律治理想中的"绚丽的钻石"。

柯尔律治把难题留给了阅读，然后他指责了多数人对待词语的轻率态度，他的指责使他显得模棱两可，一方面表达了他对流行的阅读方式的不满，另一方面他也没有放过那些不负责任的写作。其实根源就在这里，正是那些轻率地对待词语的写作者，而且这样的恶习在每一个时代都是蔚然成风，当胡安·鲁尔福以自己杰出的写作从而获得永生，另一类作家伤害文学的写作，也就是写作的恶习也同样可以超越死亡而世代相传。这就是加西亚·马尔克斯为什么要区分作品的浩瀚和作品的数量的理由，也是柯尔律治寻找第四类阅读的热情所在。加西亚·马尔克斯在文章里继续写道："当有人对卡洛斯·维洛说我能够整段整段地背诵《佩德罗·巴拉莫》时，我依然沉醉在胡安·鲁尔福的作品中。其实，情况还远不止于此；我能够背诵全书，且能倒背，不出大错。并且我还能说出每个故事在我读的那本书的哪一页上，没有一个人物的任何特点我不熟悉。"写作永不结束的事实，一切优秀作品中存在的事实在这里，作为一位杰出作家的加西亚·马尔克斯，显示出了同样杰出的阅读天赋。还有什么样的阅读能够像马尔克斯这样持久、赤诚、深入和广泛？就是对待自己的作品，马尔克斯也很难做到不出大错地倒背。在柯尔律治欲言又止之处，加西亚·马尔克斯更为现实地指出了阅读存在着无边无际的广泛性。对马尔克斯而言，完整的或者片断的，最终又是不断地对《佩德罗·巴拉莫》的阅读过程，在某种意义上已经是一次次写作的过程,"没有一个人物的任何特点我不熟悉",加西亚·马尔克斯的阅读成为了另一支笔,不断复写着,也不断续写着《佩德罗·巴拉莫》。不过他没有写在纸上,而是写进了自己的思想和情感之河。然后他换了一支笔,以完全独立的方式写下了《百年孤独》,这一次他写在了纸上。

事实上,胡安·鲁尔福在《佩德罗·巴拉莫》和《烈火中的平原》的写作中,已经显示了写作永不结束的事实,这似乎是一切优秀作品中存在事实。就像贝瑞逊赞扬海明威《老人与海》"无处不洋溢着象征"一样,胡安·鲁尔福的《佩德罗·巴拉莫》也具有了同样的品质。作品完成之后写作的未完成,这几乎成为了《佩德罗·巴拉莫》最重要的品质。在这部只有一百多页的作品里,似乎在每一个小节的后面可以将叙述继续下去,使它成为一部一千页的书,成为一部无尽的书,可是谁也无法继续《佩德罗·巴拉莫》的叙述,就是胡安·鲁尔福自己也同样无法继续。虽然这是一部永远有待于完成的书,可它又是一部永远不能完成的书。不过,它始终是一部敞开的书。

胡安·鲁尔福没有边界的写作,也取消了加西亚·马尔克斯阅读的边界。这就是马尔克斯为什么可以将《佩德罗·巴拉莫》背诵下来,就像胡安·鲁尔福的写作没有完成一样,马尔克斯的阅读在每一次结束之后也同样没有完成,如同他自己的写作。现在,我们可以理解加西亚·马尔克斯为什么在胡安·鲁尔福的作品里读到了索福克勒斯般的浩瀚,是因为他在一部薄薄的书中获得了无边无际的阅读。同时也可以理解马尔克斯的另一个感受;与那些受到人们广泛谈论的经典作家不一样,胡安·鲁尔福的命运是——受到了人们广泛的阅读。

Poetry
Construction

笔记・MINUTE

《果子酒》46X35cm 王犁 画

曲曲弯弯三月三

江弱水

　　在整整两千年里，到了三月三这一天，如果你是个诗人而又独自枯坐家中，都会倍感无聊。因为这一天是真正意义上的诗人节。台湾多年来将端午节定为诗人节，为的是纪念屈原，但是从文化的角度上考察，显然不准确。为什么？这得从头说起。

　　世界上各民族一般都有择日沐浴水中来祛邪疗疾的习俗。印度人去的是恒河，上古中国人则去黄河，或者黄河的支流。《诗经·溱洧》是一首美丽而快乐的诗："溱与洧，方涣涣兮。士与女，方秉蕑兮。女曰观乎？士曰既且。且往观乎，洧之外，洵訏且乐。维士与女，伊其相谑，赠之以芍药。"《论语》里也有一段美丽而快乐的文字："暮春者，春服既成，冠者五六人，童子六七人，浴乎沂，风乎舞雩，咏而归。"写的都是春秋时代，人们在上巳节那天到水边沐浴，男女相悦的情形。

　　到了汉代，这节日就成了定规，每年一到这时候，官民都去东流的水上洗濯，涤除宿垢，祓除不祥。从曹魏以后，约定俗成，上巳节更确定为每年的三月三日，这是士女踏青欢会的好日子，用现在的话说，就是古人的狂欢节。张衡《南都赋》云："于是暮春之禊，元巳之辰，方轨齐轸，祓于阳濒。朱帷连网，曜野映云。男女姣服，骆驿缤纷。"你可以想象，那差不多就是权威之家、豪侈之族的新车发布会和时装展览会了。但是，与民同乐太容易扰民，皇上渐渐喜欢呆在自家的苑囿里行袚禊之礼，君臣唱和一番。我们翻检魏晋南北朝的诗选文集，谁没写过三日或者说巳日的曲水宴诗呢？那是《儒林外史》里赵雪斋所谓"吾辈今日雅集，不可无诗"的日子。

从那时候起，诗人成为主角，开始接管了三月三这个名字，将上巳节变成了诗人节。文人雅士们将周公流水泛酒、秦王河曲置酒的仪式升级为曲水流觞的游戏，任杯酒曲曲折折地顺着时光的逝水而漂流。于是，历史永远记下了东晋永和九年（公元 353 年）三月三日，会稽内史加右军将军王羲之举行的兰亭修禊：

　　永和九年，岁在癸丑，暮春之初，会于会稽山阴之兰亭，修禊事也。群贤毕至，少长咸集。此地有崇山峻岭，茂林修竹；又有清流激湍，映带左右，引以为流觞曲水，列坐其次。虽无丝竹管弦之盛，一觞一咏，亦足以畅叙幽情。

"群贤"包括司徒谢安、左司马孙绰、散骑常侍郗昙、镇国大将军卞迪等四十二人，欢会的主题是诗。不能诗者受罚。有《世说新语》刘孝标注为证："右将军司马太原孙承公等二十六人，赋诗如左。前余姚令谢胜等十五人，不能赋诗，罚酒各三斗。"但这次诗人雅集居然没有一首诗流传人口，却成就了"蚕茧纸，鼠须笔，道媚劲健，绝代所无"的"天下第一行书"——王羲之的《兰亭集序》。

"大抵南朝皆旷达，可怜东晋最风流。"（杜牧《润州二首其一》）。傅雷1961 年 6 月 26 日在家书中也说："近来常翻阅《世说新语》，觉得那时的文采风流有点儿近古希腊，也有点儿像文艺复兴时期的意大利；但那种高远、恬淡、素雅的意味仍然不同于西方文化史上的任何一个时期。"兰亭雅集，成为这文采风流的凝定符号，也成为中国文化的一个恒久的记忆，一个永在的梦。

习俗的酒觞漂流到盛唐被接住，我们听到了杜甫《丽人行》的咏歌："三月三日天气新，长安水边多丽人……"也听到了白居易《上巳日恩赐曲江宴会即事》的感叹："花低羞艳妓，莺散让清歌。共道升平乐，元和胜永和。"

白居易的心中，有着与永和争胜的想法。大约二十年后，即开成二年（837 年）三月三日，一次规模很大、规格很高的诗会在东都洛阳举行。说是河南府尹李待价禀启了前宰相、现东都留守裴度，让他出面召集太子少傅白居易、太子宾客刘禹锡等一十五人，以"人和岁稔"之名合宴于舟中，修禊于洛滨。其实，白居易才是真正的幕后发起人。是他先劝年高德劭的裴度开春游宴："前头更有忘忧日，向上应无快活人。宜须数数谋欢会，好作开成第

二春。"盛会促成之后,他不无得意地记下了自己即席所赋的诗,并加上一篇奇长的诗序。那真是一场盛会啊:

> 由斗亭,历魏堤,抵津桥,登临溯沿,自晨及暮,簪组交映,歌笑间发,前水嬉而后妓乐,左笔砚而右壶觞,望之若仙,观者如堵。尽风光之赏,极游泛之娱。美景良辰,赏心乐事,尽得于今日矣。

多年之后,宋人洪迈在《容斋随笔》卷一里还记有这么一条。又过多年,光绪十年(1884 年)三月三日,李慈铭独坐晦暗的京师寓所中,写他那永远写不完的著名的越缦堂日记,仍复心驰神往地重抄了这一大段札记。那一天他大概没地方去,否则一定要随喜一番的。因为这是惯例。同治十一年(1872 年)三月三,李慈铭和张之洞等五六人去京师南郊龙树寺,丁香海棠都还没有吐萼,"坐苇海室,临槛看水,略存禊意。"光绪十六年(1890 年)三月三,他带上儿子去陶然亭请客,请了十九个朋友,"上巳酬佳节,芳郊接舞雩。风狂连地动,山远入天无。"真倒霉,遇见了沙尘暴!

三月三的文期酒会,就这么延续下去,至宋,至元,以至明清。元至正二十年(1360 年),江浙行省郎中刘仁本在余姚秘图山前零咏亭行曲水流觞之礼,举行过一次"续兰亭会"。与会人数与兰亭恰好相等,也是四十二位。这个纪录,要再过四百年才被打破。

"平湖重阴,烟水相借。眷兹余月,饯春迎夏。溯沿胜事,莫不代谢。"这是清人厉鹗的三月三西湖修禊诗,记的是乾隆十一年(1746 年)丙寅闰三月三日,由当时杭州知府鄂敏发起的西湖修禊诗会,与会者有大诗人厉鹗、大史学家全祖望、大书画家"扬州八怪"之一的金农、大篆刻家"西泠八家"之首的丁敬等,总共六十一人。诗会开得如此成功,大家都恋恋而不舍,据袁枚《随园诗话》说,丁敬临去时都泣不成声了。

也许可以说,这是中华文明在近代衰落之前最后也最大的一次文酒之会。从周京《无悔斋集湖上展修禊诗序》里,我们前述的有关三月三的文化语脉简直历历可辨:

> 禊,逸礼也,郑风有之,秉蕳溱洧,乘和躅洁。蕳,蘭也。蘭亭之义,盖取诸此,而沂水春风,祖义远矣。……方今朝野恬熙,庶物繁庑,江乡好春,明湖映郭,闲居则幽意独耽,盍簪则逸兴俱举。三春有闰,芳华正长,因续永和之会于湖之滨。抚嘉树,临清流,顾瞻兴怀,赋诗相答,遥遥历千有五百余载之风流,如昨日矣。

与会者的诗作后来由鄂敏集成一卷《西湖修禊诗》，流布广远。至今还能够在拍卖会上看见它的书影呢。

"重三复重月，一唱还一酬。"三月三，如此动听、如此动心的名字，已经在两千多年中国大地的唇吻里念叨了两千多遍。那么，为什么是三月三？为什么是诗？

现代中国，诗人彻底被西方文学观念洗过脑，以致淡忘了我们古人的诗教。"子曰：小子，何莫学夫诗？诗可以兴，可以观，可以群，可以怨。迩之事父，远之事君。多识于鸟兽草木之名。"这是《论语》里有名的话，特指《诗经》，泛指而及于一般的诗，讲诗的功能，主要是社会功能。诗可以起兴，使经过了整个冬天的人们在大地回春的季节，去尽情地领略丽日如洗和风如沐百草茁长百花怒放，让大自然的物色与生意激发内心的欢悦。诗可以凑趣，因为诗也是互相感染甚至彼此起哄的事情。鄂敏《西湖修禊诗》序中所谓"无与合之则调孤，有与倡之则和起"，非常到位。所以古人喜欢聚在一起，拈题分韵，争胜斗奇。现代诗人已经不来相互唱酬那一套了，对个人天才的创造性的过度高扬也使他们不耐烦去搞什么命题写作。但古人却经常如此。钱锺书说过："从六朝到清代这个长时期里，诗歌愈来愈变成社交的必需品，贺喜吊丧，迎来送往，都用得着，所谓'牵率应酬'。"应酬不见得全然不好，因为共同的诗歌活动，联络并拉近了大家的情感距离，也成为作者比拼积学和急智的舞台。

三月三日，诗人作文酒之会，就是为了发挥"诗可以兴""可以群"这两大功能。至于"迩之事父，远之事君"，事奉父母只是给事奉君主做陪衬。皇上于上巳日"宣猷嘉辰禊酌"，陪臣当然要即席赋诗，这也是应酬的一种。假若身逢太平之世，"治世之音安，以乐其政和"，歌功颂德一番也未必就是矫情。王维存诗四百首，光是三月三奉和圣制的就有四篇，频率是相当高的。

我们今天太注重从创作论上去看待有关诗的一切，却不大从接受美学或读者反应论出发，去理解诗歌"兴"和"群"的两大功能。诗歌也具有仪式的功用，特别在三月三曲水宴这样的场合。如果我们把三月三雅集赋诗仅仅看作点缀升平，而且将知识分子定义为永恒的反对派，那就跟古人怎么也说不到一块儿去了。

最后说几句题外话，不，题内话。三月三之名为何说如此动听，动心？这不是仅仅由所谓内在的情感音乐可以说得透的，它涉及到汉语音韵的一个基本律。

二月二、三月三、五月五、七月七、九月九，汉语中的这一些日子，听起来总是比起平常的日子特别上口,上心,因为重复中有变化,变化中又重复,符合叶芝在《诗歌的象征主义》中曾经讲到的韵律之目的:它延续沉思的时刻,用迷人的单调使我们安睡,又用突然的变化将我们惊醒。三月三、七月七、九月九,好像流水中泛起的一个个小小的水涡,在时光中轮回着,给中国人安稳的现世生活催了眠。

而三月三在这些日子中尤为特别。汉字中的数字,从一到十,只有三为平声,余皆仄声。因此,比起五月五、七月七和九月九,三月三这个词最具有构成声韵和美的天然条件。小说家高阳于诗律甚有心得,他说:

经验法则告诉我们,凡是一种美称,必须顺口才容易记得住,传得远,是则非平声不为功。从前的伶人起艺名,最讲究此道,不但末字必用平,而且三字之中最好有两平,如姓为平声,则第二字用仄(去声更妙),第三字用平,必然响亮,如程艳秋、余叔岩、金少山……(《杜甫〈后出塞〉的三个问题》)

声音是有魔力的,这魔力也是可以分析的。钱锺书就提到过,英国有一老妇喜欢念诵"Mesopotamia"(美索不达米亚)一词,虽不懂何意,却十分着迷,其实也可以分析其奥妙,如 m、o、a 三个音的交织。高阳说顺口的名字,三字之中最好有两平声,最容易记得住,传得远。准此,则三月三的声音之美,真是一个具体而微的采样了:"三月三","月"字独仄,是警醒的变化;"三"字两平,有迷人的单调,合成梦耶醒耶的迷离况味,抑扬于两千多年的循环往复中。

诗学札记

陈东东

　　仅从字面论其含义,"人生如梦"可解作人生像梦想一样——换一个说法意思更明确——人生以梦想为榜样,应该照梦想的那样去度过。而这正好是写作的缘由。并非要以写作去处理"人生如梦"这样的主题,而是写作正实践"人生如梦"这一设想。写作即做梦,用语言做梦,写作生涯即做梦的生涯。写作可能使人生真正进入了梦想。所以,在某个断章里我写道:"梦给了生命双倍的时间"——一个诗人,他经历尘世的时间,又塑造语言的一生。从写作之梦他所获得的岂止双倍!每一首诗是一重时间,每一首诗是一条生命,每一首诗是从肉体中生长出来的灵魂的大树。每一首诗是一次完整、美好、纯粹的梦幻人生。诗人的一生平行更对应于他的每一个写作之梦,他的一生又行进于这些梦想之中……写作不仅用语言做梦,写作同时也超度诗人自我,朝梦想移民。这仿佛蚕的一番努力:不仅吐丝、作茧,而且化蝶,自茧中振翅凌空飞去。对诗人而言,更真实的不是写作的一生,而是写下的那些个梦想。并非"梦如人生"——并非此世的经历和写作方式规定了梦想,而是那早已等待被写下的梦想规定了此世的经历和写作。

　　不该简单地把几首或几十首诗装订在一起提供给读者。更要有意把自己的诗集变成一本书。如果每首诗是一株树木,让它们成为房屋,就还得费上伐、锯、刨、刳、钉、制、构、造等一系列工夫。还得有一颗建筑师的头脑,还得要一颗炼金术士的心。

尽管越来越愿意置身中国当代诗歌圈局外或自我边缘化,但一个曾经的参与者和依然为抽屉添加诗篇的人,却不能不以内部的、仍在其中的视点回看"文革"以后的现代汉诗。这个视点游走变换不确定,所谓"横看成岭侧成峰",因而要去选出,譬如说,过去三十年来的三十首诗,就成了一件太难也太容易的事情。之所以为之,由于这种挑选被我理解为特殊的写作:去创造一个在过去三十年里仅写了这么三十首诗的中国当代诗人(谁能说他不是个大诗人呢?)。当然,这创造只是即兴,另一时刻、另一境况,到来的就会是诗人的另一张脸;并且,我知道,哪怕即兴也深思熟虑,找来了最完美的五官部件,却反而拼不成完美的脸——那么,我是否又该把这种挑选只当作一次没什么特别的"个人写作"?

尽管我确切地说过"诗不是语言",但诗人的语言却不得不几乎就是诗;或,诗歌意识首先是一种语言意识。而我的语言意识,正是,当然是,也首先应该是对现代汉语的意识。在我的写作里,就语言的层面而言,对汉语性或中文性的追求,其重要程度正如在诗的层面上对音乐性的追求。然而,就像我可能以具体的诗篇去演绎和神往于诗之音乐,却不能将它抽象地讲述,我也不能给我所谓的汉语性或中文性下一个定义。现代汉语的汉语性或中文性有如现代汉语本身,在慢慢成形,渐渐成熟,它会在未来的回看之眼里更加明晰和确切。

有一种诗人希望因为他写下的诗篇而成为时代的证人,但是,如电影导演克莱尔所说的:"并不是有人想成为时代的证人,他就成为时代的证人的。有时,人们是偶然成为时代的证人的,那是在我们的后代认为他配当这个证人的时候。如果一个作家想不惜一切代价当这个证人,那他反有制造出一种假证的危险。"(《大演习·几点说明》)真正的见证之作并不有意为之。作为见证的诗歌如果成立,原因不会是它作证于时代,而是由于它亲证了生活,尤其亲证了诗人的内心生活。一心为时代作证者可能仅提供假证;一心为时代立言者则可能写下歌功颂德的伪作。即使像荷马史诗这种展现一个时代的作品,它的主题也是个人性质的、情感的和心灵的。真正打动我们的是阿基琉斯的愤怒、海伦的懊悔、奥德修的智慧和他的思乡之情。并不是说读者不曾从诗歌里看到时代,如前所说,时代生活无可避免。但时代生活肯定不构成诗歌中迷人的那一面,并且在诗歌里,时代生活只有作为生动的个人生活的影子才会是生动的。诗人所探究、处理和歌唱的,或诗歌最核心的部分,总是那些不为时代所动的千古一贯之物,那也是诗人们热爱和追寻之物：梦想、真知、爱情、自由、光荣和美……"只有意识到我们热爱的一切正处于被践踏的危险之中，我们才意识到了时代"——也许是现代诗人中最关心时代问题的米沃什如是说。一个诗人对时代生活更有效的关注，我猜想，惟有以这些真正切身、基本的事物去达成。

被布局、塑造的以往和今后的那些诗行，在我这里，终于只能作为暂时被触及、阅读和据以想象的形式，去提示我所向往的那种完成。正是被梦见却不可企及的诗之抽象曾经引领我，也让我如今重读那些写下的诗行却不能有丁点儿自喜自满。对已经写下的这些诗行的改动、修正、调整和推倒重来，带给我如覆薄冰的恐惧，并让我回想起当初令它们在纸上现形的恐惧。我相信这恐惧里自有快感，就像你看一部惊悚片也收获了快感。

自律而自由，自由而自律，这是我对现代汉诗的大概认识。基于这种认识，也由于我向诗歌提出恳求的初衷，我的诗歌更神往于音乐的境地。我的想象常常因一种无词之意味而启动，终于穿越一重或多重词之境，差强人意地抵及一首诗。当我自问为什么选择诗歌的时候，我不止一次设想，很可能，诗歌只是作为音乐的替代品被我迫不得已地拣起来应用。那像是因为我不会音乐，退而求其次。实际上呢，萦回我心间的节奏、语调和境界之表达，惟有以诗歌的方式，才更能曲尽其朦胧或明澈、幽微与晓畅、细碎及旷放、俯仰高低和张驰缓急……然而，要是我的诗歌航船有它自己的方向和目的地，我诗歌罗盘的指针，则总是被音乐的磁极所牵引。音乐像是个绝对和终极，高于进行时态的写作的诗歌，而成为所谓理想的诗。这种理想的诗，我曾想，要用异于日常话语的纯粹语言来演奏……那纯粹语言并非日常话语在某一方面（譬如说，语义）的减缩和消除，相反，它是对日常话语的扩充和光大，是语言的各个重要侧面同时被照亮，并得以展现。节奏——诗人因心灵的激情而强化了的生命律动，是令那语言的激情朝向音乐的关键……

到空心人时代去唱心灵之诗，无异于对牛弹琴（做错事情的更像是那个弹琴的家伙），"其读者是不可预测的"（这是蒙塔莱的说法）。诗歌不再是言说，而是历险，有点像反向的普罗米修斯盗火：普罗米修斯把神的物质带给人类，却须经受宙斯的严惩；历险者要做的，则是把人类的勇气和力量之火点向神界，其结果往往是世人的不解和排斥。诗人的精神历险正被视作一种疯狂，他变成了大众的异端，被惩戒的人，美的牺牲品和诗歌的自焚者。为了在神界点亮心灵之火，诗人得要燃烧自己。有人坚持、固守，但突围和冲刺更像一个诗人的姿势。在空心人时代，心灵问题更加凸出、重要、严峻和致命，更加具有实质意义，诗人更须成为紧追不舍最重要问题的那个人……于是，历险所依据的不仅是语言，它需要一种精神状态，一颗决心和一个信仰，它要求诗人真正懂得阿莱桑德雷的一句诗："要怀着希望。"

诗人跟自己诗作的关系大概有三种：一，诗人消失在诗作后面；二，诗人置身于诗作中间；三，诗人遮挡在诗作前面——诗作因为其过于炫耀的形象而不见了。最后一种是诗人制约诗歌的关系。明星跟诗并不相容——明星是成功的化身，而诗要让人趋向完满。对那些自身形象遮挡了诗，一心去当明星的诗人，诗歌只成为获取成功的一件用具。这类诗人终于不会有真正值得提起的作品；没有多久，他们的名字也没有必要再被提起了。第二类诗人以个人体验和幻想的全部生活抒写诗篇，关心个人的、群体的、族类的高尚或狭小的情感、事件，"专注于错综复杂的文明图景中富有意味的蒸馏过的精华"（阿莱桑德雷语）。他们用使人乐于亲近的悦耳嗓音歌唱，诚挚又具体。他们的诗篇透明、纯净、清澈地映现出人的短暂形象。第二类诗人置身于自己的诗篇，与其说引领，不如说诱导，令人们梦见美好的月亮，同时也触及（并原谅了）自身的软弱。第一类诗人是第二类诗人的光源或基础。他们的名字已经消失，他们只是传布真理，人们不知道他们的个性，人们听到的是他们作品中那种普遍、本质和庄严的声音——为天立极的人类精神的强音。第一类诗人以神圣说话，他们消失在自己的诗篇背后，置身于一首几乎不可能完成的未来诗篇里。一些伟大的第二类诗人在清算了个性、自我乃至生命以后，最终上升为第一类诗人。

就像爱伦·坡认为"长诗是不存在的"，我也"不相信"长诗。不过，我曾说："这种不相信里也包含着不相信长诗真的不可能完成的意思"，长诗成为诱惑的原因或在于此。长诗的诱惑还在于，作为一种诗歌类型，它也恰为古代汉诗所忽略，这就给致力于在伟大的中国古典诗歌传统之外获得诗意及诗艺自主和自我的现代汉语诗人一个绝好的用武之地，因为在长诗领域（并非真的可以否认这么个领域的存在）现代汉诗有可能免于，譬如说，在抒情诗方面来自古代汉诗的阴影甚至压力形成的焦虑。当然，我认为，长诗写作并非一种策略性选择，而是当代诗人的重要实验和实践，去实现仅属于现代汉诗的诗意及诗艺典范。

一个诗人的生涯要是可以被称作"诗歌生涯"，那么一个诗人的生活大概也就可以被笼而统之地称作"诗歌生活"了。实际上呢，一个诗人真正的"诗歌时刻"在其一生里是如此之少，就像足球前锋，他将球射入的时刻，跟他在场上卖力奔跑的时间相比，实在是少之又少。如果让我列出自己那些刀之锋刃般的"诗歌时刻"，它们或许仅只是几个象征性的时刻：我第一次因一首诗而浑身颤栗的时刻——那是一首别人写下的诗，但却点燃了我诗情的导火索而更成为我的诗；痛快淋漓地写下了力作，或怎么也无法用自己的语言捕获幻听到的那个诗之声音的时刻……我不知道，假如有一天我意识到自己不能再写了，企图归于诗的终极沉默，那一刻是否也算是我的"诗歌时刻"。对"诗歌时刻"的这种认定并不太苛刻，尽管它的确个人化了一些。谁都知道，诗歌从来不是一个行业，诗歌是每个人的人性流露和体验。所以，我欣赏在讲行话的讨论会上有几个诗人的打死也不开口发言。在我看来，诗歌首先是个人的事情，甚至是个人的一番隐私——由于对对称于语言的"语言之反面"（或可称之为"语言之异性"）的生理性觉察和想入非非而产生的写作冲动，跟一个人的性萌动一样不足为外人道。当然诗歌被说成是最为高贵的人类活动，但它的引人入胜，却并不因其高贵而可以随便言表。我想说，诗歌带给我们的语言欢乐透过我们各自的感官抵及灵魂，这就足够了——也只有这样，诗歌对于我们才算足够。

　　南方或许是地域概念，但更应该定义为精神的向度。在中国，经由南华经、南宗禅以及南朝人物的新愁旧怨、哀痛芜翳和颓废激情，几乎能找出这一向度可能的来历。要是征引域外，那么，荷马曾被目作南方的诗性鼻祖。这种诗性"不断把清新的空气、繁茂的树林、清澈的溪流这样一些形象和人的情操结合起来。甚至在追忆心之欢乐的时候，也总要把免于被烈日照射的仁慈的阴影搀和进去……生动活泼的自然界所激起的情绪，超过了引起的那些感想……"（斯达尔夫人）相对于北方的清醒、理性、神圣、冷峻、刚毅、简明、粗砺和现实，南方从来多梦和感性，更亲近于人，更热烈、华美、繁复、细致，更具想象和幻想的力量。然而，南方又往往南辕北辙，并且，朝向南方的行程不免也朝向北方。南方仅仅远于北方，南方从不是北方的反面。将自身孕育成熟的纯粹的肉体里面，并非不生长同样纯粹的灵魂之高贵。不妨继续运用比喻——南方那寒冷而虚空的终点，就在构成了行星宽阔曲面的几重大海背后，那里，与之相对的品质，终被包含于南方之极。

細读 · READ

《红沙发》35X35cm 王犁 画

爱,是一种关系

解读玛丽安·摩尔的《纸鹦鹉螺》

倪志娟

阅读玛丽安·摩尔的诗歌需要勇气、耐心和足够的学识背景。这是她不同于一般女诗人的地方,也是她为一部分读者所称道同时又为另一部分读者所指责的地方。这两种读者都无可厚非,正如世间的存在是多样态的,作为一种文化创造成果的诗歌也应是多样态的,萝卜青菜,各有所爱,如此,诗歌这一文化景观才能丰富多彩。

虽然有些人倾向于回避摩尔晦涩的诗句和意向,认定她的诗不值一读,但是,也有很多人愿意细致地深入其中,领略每一处叠峦奇嶂的美。因为,摩尔通过诗歌形式提供给读者的美,并不是浮现于表面的美。做了一辈子独身女郎的摩尔,也并不稀罕表面的美。她将这种美埋藏在语言后面,她的语言具有一般诗人少有的坚硬和晦涩。这种语言并不完全是呈现,而是在呈现的同时有所遮蔽,遮蔽了热情和火焰,正因为遮蔽着,这种热情和火焰才不伤人,并且可以持续很久,也许会一直持续下去。那热总是像炭火一样微燃着,细细地散发出来——你必须承认,可以打动人的诗歌必定是有温度的。一首好诗如同一个生命力旺盛的人,骨子里埋藏着熔岩似的热。——尤其是在她所选定的主题中,摩尔悄悄倾注了全部的激情和爱。一旦我们透过她坚硬的语言涂层感受那些隐秘的热,我们就会沉迷其中。

如同很多女性主义者一样,我也愿意把玛丽安·摩尔称之为一个具有女性主义立场的诗人。她的独身固然不能被标记为一种政治立场,但她对于独身的安之若素,显现了她天然独立的个性。这种独立借助于诗歌完成,同时也成就了她的诗歌。更难能可贵的是,她的女性独立意识其重心显然在独立而不在女性,因此,她的诗歌触角远远超出了狭隘的女性主义范畴以及她所处的时代和现实处境,在更前沿更普泛的意义上触及了许多性别问题。对此，不能不使人心生敬意。

我们来看看她的《纸鹦鹉螺》这首诗吧。

在《纸鹦鹉螺》中，摩尔赞颂了一种爱，虽然她没有使用一个赞美的字眼，但是在高度克制和紧凑的语言中，隐忍与坚强的母爱，被一点点呈现出来。

和摩尔的许多动物诗一样，这首诗也是从对纸鹦鹉螺这种生物外在特征的细致描述逐渐深入到内部，最后上升到一种抽象的精神品质。

第一段，摩尔采取了她一向喜欢的并置手法，将纸鹦鹉螺与权威人士和作家进行了并置。通过这种并置，诗人自身的认同立场逐渐明朗。

权威人士和作家与鹦鹉螺有哪些呼应之处使它们可以并置在一起呢？权威人士一心只想图谋利益，作家非常介意茶会上的声誉与往返之舒适，这两种人都需要一个安全的壳和很大的房间。在可以享受肉体舒适、达到私人目的的房间中，他们是和鹦鹉螺相似的软体动物。简单地说，他们和纸鹦鹉螺一样都必须有所依凭才能生存。但是纸鹦鹉螺虽然与他们有相同的存在形式，却有着与他们完全相反的意义，她创造脆弱的玻璃壳并不是为了个人的利益和舒适。

要理解这点，首先必须了解纸鹦鹉螺这种动物的基本习性：

纸鹦鹉螺是一种雌雄异形的软体动物。雄性比雌性的体态要小，没有外壳。摩尔在第一段中使用的人称代词是"她"，明确标示出她描写的是雌性鹦鹉螺。

雌性鹦鹉螺通过分泌一种类似塑胶的物质来制造壳，以养育自己的下一代。她的贝壳薄脆，对称，表面有凸起，颜色为米白且半透明，如同纸张一样，所以被称做纸鹦鹉螺。她类似于章鱼，有八只手臂，二行吸盘。第一对手臂极膨大，具有很宽的腺质膜，用以分泌和抱持贝壳。

纸鹦鹉螺漂浮在海上时，如同一只帆船，遇到敌人时就沉下去，当她孵化出幼儿后，这只壳就被抛弃。

了解了纸鹦鹉螺的这些特性，再来看这首诗，我们就能能白，摩尔在这首诗中描写的许多意象和隐喻都有赖于纸鹦鹉螺的这些生存特性。

有人曾对摩尔这种过分依赖某些常识背景或知识背景的写作方式表示质疑，认为诗歌应该更独立。对于这种否定性的批评，摩尔在生前就置之度外，我行我素，按照她自己的风格一路写下来。她的大多数动物诗都依赖于相关背景知识，当然，也包含了摩尔自身的体验和观察。对于摩尔的这种写作方法，也许最好的辩护是：随着文化的发展和累积，纯粹自然的景观越来越稀少，即使是那些所谓纯粹的自然，也常常覆盖了前人的书写痕迹，一个受过现代基本教育的人,在沉醉于自然景观时,除了感受到来自自然的那种直观感觉冲击外,脑海中必然会浮现出大量相关的文化知识背景。更何况,在人类发展的过程中,人化的自然景观正在逐渐覆盖纯粹的自然景观。在这种现实下,我们怎么能责怪一个诗人在诗歌中纳入过多的知识背景呢?如同我们欣赏自然景观一样,当我们欣赏摩尔的诗歌时,更多的文化汁液流淌出来,不也同样滋润着我们的头脑和心灵吗?也即是说,诗歌并不在乎有无知识背景,而在于你用何种方式展示这种背景,是用论说的方式呢,还是用诗歌的方式。

摩尔采取的无疑是后一种方式:她对知识背景的使用极其严谨,但并不是直陈式的,她将动物的背景知识作了形象化处理,使其以具象的形式出场,同时她偶尔使用几个生僻的关键词,作为线索提示。比如在这首诗歌中,她使用的"建造"、"脆弱"、"易朽"、"灰白色"、"大海一般光滑"等词,从多个角度描写了纸鹦鹉螺的习性和内外特征,简洁而内涵丰富。语言高度的浓缩性是摩尔动物诗最大的魅力所在,因为其中的核心词语都可以引出一连串生动有趣的动物习性。当然,其中最重要的方式是想象,所有的知识背景都由诗人的想象串联起来,从而诗歌成为摩尔所说的"想象的花园里"跳动着"真实的蟾蜍"。

第一诗节中,摩尔通过并置进行对比,突出了纸鹦鹉螺的"为他性":壳是鹦鹉螺航行的工具,也是避难的港湾,帮助它进退自如,但是纸鹦鹉螺不是为自己创造了壳,不是为了像权威人士那样谋求利益,也不是为了像作家那样谋求声誉以及往返的舒适,她是为她的后代建造了这个避风港,鹦鹉螺壳事实上是母爱的外在象征。

第二诗节,视角拉近,详细描写了纸鹦鹉螺的壳。在这一节的第一句话中,"易朽的"一词,进一步强调了壳在质地上的脆弱性,也暗示了这个壳终将被抛弃的命运,同时,它又承载着一个母亲的希望。进一步想开去,我们还可以从这个词中感受到一种隐约的徒劳感——母亲的希望总是脆弱而短暂的——母爱的对象终有一天将会离开它。无论在相对还是绝对的时间意义上,壳都不会是永恒而坚强的。"易朽的"与"希望"两个词所形成的这种悖论,使我们可以联想圣经上的一句话:道成肉身。摩尔通过诗歌语言努力给纸鹦鹉螺灌注的正是一种道,爱之道,借助于脆弱的躯壳,必将指向一种永恒。

纸鹦鹉螺的壳,外表是灰白色的,内面则有着珍珠一般的色泽,如同大海一般光滑,这里,用大海来修饰壳,一方面,强调了纸鹦鹉螺的生活场所是在大海中,大海是纸鹦鹉螺的依托,又对她有着深刻的磨砺;另一方面,表达了壳带来的心理感受,纸鹦鹉螺壳的内面如同大海一般宽厚,包容,散发着母性的温暖气息。

"警惕的创造者",当然是指纸鹦鹉螺,它呆在壳的深处,守卫着壳,"警惕的"和"日日夜夜"两个词,既暗示了无处不在的危险,又强调了纸鹦鹉螺的责任心和辛劳。高度绷紧的弦,夜以继日地等待,长久地忍受饥饿,作为母亲的纸鹦鹉螺默默忍耐着。

第三诗节,开始描写纸鹦鹉螺正孵化的蛋。摩尔将纸鹦鹉螺比做章鱼。

章鱼有八条手臂,这是纸鹦鹉螺和它的相似之处,但是它们不仅在体形上相似,在天性上,它们之间也有共同点。章鱼有可怕的母爱,一旦产下葡萄似的卵,它就寸步不离地守护一旁,经常喷水冲洗、翻动抚摩这些卵,直到小章鱼孵化出来,母章鱼仍然不愿离开,有的章鱼一直会将自己累死,当然,偶尔也会不小心弄死自己的孩子。过分的爱和过分的攻击性,以及它八条弯曲的手臂,使章鱼有一种阴暗的神秘性。

"在某种意义上,她是一条章鱼"。当纸鹦鹉螺用八条胳膊覆盖它的蛋时,也像章鱼一样表现出了一种过分的溺爱和占有。不过,纸鹦鹉螺毕竟不是章鱼,她类似于章鱼的力量,更多地被用来抵抗外来攻击。虽然她也如章鱼一般紧紧拥抱她的蛋,但是她不压碎它们。强大的力与力所建构的安全之间形成一种微妙的平衡。因此,她继续写道,她的壳如玻璃一般脆弱,却又是摇篮,被紧紧覆盖着,是她未来的孩子们歇息的港湾。

这一节最后一句提到了赫拉克勒斯。为什么说被照看着的蛋和赫拉克勒斯一样呢?

赫拉克勒斯是希腊神话中伟大的英雄,是宙斯与凡间女子阿尔克墨涅生下的私生子。他勇武有力,一共完成了十二件伟绩。其中第二件伟绩就是杀除九头蛇怪绪德拉。绪德拉的九个头中最大的一个头是砍不死的,即使被砍掉了,又会在原来的地方重生出两个新头,因此,它横行霸道,无所顾忌。赫拉克勒斯勇敢地向它挑战,在搏斗过程中,绪德拉的一个朋友大螃蟹爬来帮忙,紧紧咬住了赫拉克勒斯,赫拉克勒斯情急之下拔起大树打死了螃蟹,同时获得了取胜的灵感。他点燃大树,烧死了新长出的蛇头,又将那个不死的蛇头,埋在地下,压上大石块,从而战胜了九头蛇。

在赫拉克勒斯的故事中,螃蟹既妨碍了赫拉克勒斯的胜利,又给他带来取胜的灵感,反而促成了他的胜利。对蛋来说,纸鹦鹉螺壳既是螃蟹又是九头蛇,它妨碍着蛋独立,形成一种强大的牵扯力,并且,在纸鹦鹉螺的八条手臂下,蛋处于被压碎的可能危险中。不过,最终,母爱并不会伤害蛋,也不会真正阻止蛋孵化出来。这大概是母爱中包含的一个恒常悖论:爱是港湾，爱也是牵绊。

如此才有下一诗节中的解脱：当它们孵化出来时，蛋获得了自由，也给了壳自由。

蛋孵化之后，必然会留下痕迹，这是一些裂纹和细密的褶痕，正像古希腊爱奥尼亚似长袍上的褶痕。

这里我们又必须了解一下这种长袍的具体细节。爱奥尼亚式长袍原本是小亚细亚西岸爱奥尼亚地区流行的服饰，最初是男子服装，后来男女都穿。公元前6世纪传入雅典，亦受到雅典人的喜爱。爱奥尼亚式长袍的制作非常简单，将一块长方形的布对折，两边缝合成筒状，留出胳膊伸出的一小段，再用腰带将宽松的长衣随意扎起即成。

这种长袍与古希腊的生活方式和精神气质非常契合，它是宽松、自在和健康的标志。摩尔用爱奥尼亚似长袍上的褶痕比喻壳上留下的褶痕，不仅在形式上非常贴切，同时，她也借这个比喻扩张了这种褶痕的内涵。纸鹦鹉螺辛苦地照看、孵化幼儿的过程，与艺术的创造过程多么相似，被孵化的蛋如同一件艺术品，它给艺术家带来了身心的折磨，它的完成使艺术家得到了解脱，同时又带来了真正的成就与喜悦。在某种意义上，由长袍所代表的希腊文化即是西方文化之母，是艺术最深的源头所在，同时，在时间的流逝和变迁中，它自身已经成为一种不朽的艺术纪念品。

摩尔通过这个比喻将纸鹦鹉螺的爱推得更高，更博大，也使这首诗的寓意更丰富了。

接着，她又将环绕的手臂比做帕特农神庙的马的鬃毛线条，这个比喻形象贴切，又无比新颖。它使我们再次联想到希腊，而且更为深刻。帕特农神庙代表了全希腊建筑艺术的最高水平。它的外表气势宏大，细节则雕塑得精细无比。神庙矗立在希腊首都雅典卫城的古城堡中心，供奉着雅典娜女神。传说雅典娜与海神波塞冬争当雅典守护神，宙斯规定了游戏规则：谁能给人类一件有价值的东西，这座城市就归谁。波塞冬用他的三叉戟敲一下城中的岩石，一匹战马破石而出，这是战争的象征；雅典娜则用她的长予敲了一下岩石，岩石上长出一株油橄榄树，这是和平的象征。最终，雅典娜成为这座城市的守护神，人们以她的名字命名了这座城市：雅典。

象征战争的马停歇在代表和平的神庙之中，为雅典娜的橄榄枝所覆盖，男性的力量融会在女性的慈爱之中。反过来亦可说，男性的力量与女性的慈悲融合成人类无上的智慧，延续至今。

通过这一象征，摩尔暗示出，在蛋被孵化出来后，纸鹦鹉螺的胳膊们彼此缠绕，相互安慰，像一具雕像一般具有了一种永恒的意味。这种永恒就是爱，是通过付出得以成就的自我形象。

　　最后的结尾对全诗进行了总结和提升。

　　摩尔在这首诗歌中借用纸鹦鹉螺的形象再现了母子关系的微妙过程。这种关系中彼此成就自我的爱，是一种母性创造的爱，它不同于弗洛伊德和拉康等倡导的精神分析学建立的关系：在精神分析学中，对于主体意识的生成，强调的是内在－外在空间之间的对立与冲突，主体意识虽然属于个人自己内心的体验，但是主体必须向外寻求认同才能确立内在自我，弗洛伊德和拉康将认同的象征力量归结为男性的阳具，女性不拥有阳具，也就无法完成外在认同，从而无法获得自我。摩尔所理解的爱则深邃而强大，其核心是强调关系，爱是一种彼此之间的关系，并非占有或控制。既然是一种关系，必然包含着彼此之间的付出与牵绊，如同纸鹦鹉螺要费尽心血建造壳，忍受饥饿，警惕地保护它的蛋，当蛋被孵化出来时，给彼此带来的自由与喜悦，使爱成为一种相互的成就。蛋开始以新的生命形式独立生长，而纸鹦鹉螺通过孵化的痛苦过程得到了痕迹：长袍的折痕和帕特农神庙的马，它自身获得了庄严和神性，也成为一种艺术品：道成肉身。这一结语显然与第二段的第一句话遥相呼应，肉身易朽，但是希望在爱中永恒。

　　在进行了这样一番分析之后，我们也许可以把话题扯得更远一些。不容忽视的是这首诗表现出来的某种摇摆性，每一个意象都没有其固定的"主根"，都可以生发出多重含义。在围绕纸鹦鹉螺的母爱这个中心主题衍进的过程中，母爱本身的在场是摇摆的。它不完全透明，而带着略微的灰白色，中间夹杂着很多不安的因素。

　　纸鹦鹉螺孵化的辛苦，与权威人士和作家似乎存在着某种本质的相似性，他们同样盲目地受制于某种东西。而纸鹦鹉螺的母爱中，在八条胳膊的覆盖下，蛋绝对安全吗？母爱真的是宽容的吗？读者在被螃蟹死死咬住的赫拉克勒斯形象中，可以感受到一种毁灭冲动和窒息。这与每一个孩子成长过程中体会到的母爱多么相似。如果考虑到摩尔与她母亲的关系，我们也可以说，这首诗折射着她的自况。

　　只有最终的解脱是绝对的：爱是束缚与自由之间微妙的平衡，一旦达成和解，爱才会有真正的广阔天地。尽管命运如此盲目，人与人之间的关系如此复杂，连母爱中都存在诸多不安因素，但是，摩尔仍然以一个诗人的坚定告诉我们：爱，是唯一的坚强堡垒，足以信赖，值得信赖。这种爱应该是：己欲达而达人！

　　最后，我们还需要知道这首诗产生的背景。摩尔在笔记中说，伊丽莎白·毕肖普曾送给她一只真正的纸鹦鹉螺壳，于是，她写了这首诗作为送给毕肖普的回礼。自从她们俩相识之后,摩尔对年轻的毕肖普始终怀有母爱般的导师之情,类似于纸鹦鹉螺对她的后代以及摩尔的母亲对摩尔的关照。她甚至会以干扰的方式帮助毕肖普。比如,她要求毕肖普去表达"有意义的价值",这事实上与毕肖普本人的诗歌兴趣相反。但是在持续不断的相处中,她们最终达成了一种互相成就。

附:

纸鹦鹉螺
【美】玛丽安·摩尔
倪志娟 译

为了唯利是图的
权威人士?
为了沉迷于
茶会上的声誉与往返之舒适的
作家?并非为了这些人
纸鹦鹉螺
建造了脆弱的玻璃壳。

作为她易朽的
希望之纪念品,灰白色的
外壳,边缘平整的
内面
大海一般光滑,警惕的
创造者
日日夜夜守卫着它;她几乎

不吃,直到蛋孵化出来。
在某种意义上,她是一种
章鱼,在八条胳膊的
八重覆盖下,
玻璃羊角似的摇篮盛装的物品
隐藏着,并没有被压碎;

如同赫拉克勒斯,被

一只忠实于九头蛇的螃蟹咬住,
阻挠了他的胜利,
密切
照看的蛋
孵出来,它们自由时也解脱了壳,——
它白色的窝巢上
留下了裂纹,白而细密的

爱奥尼亚似折痕①
如同帕特侬神庙中马的
鬃毛线条,
四周的胳膊
彼此缠绕,仿佛它们知道
爱是唯一的坚强堡垒
足以信赖。

注①:在古典希腊,无论贵族平民、无论穷人富人都穿一种宽松的白色
长袍,称 Chiton。Chiton 分多利安式（Doric Chiton）和爱奥尼亚式（Ionic Chiton),上面有许多皱褶。

罗羽:这个世界的罪名

草树

　　一首诗进入你的视野,久久徘徊不去。这是诗歌和读者的甜蜜的胶着。这样的阅读经历,于我非常有限。大凡具有经典品质、经得起反复细读的诗,才可能具有这样的魅力。它首先要有足够大的气场,就像一个演员站在舞台上,没有一种从容大度、挥洒自如的气质,是难以叫观众心服的。这种气场来自于诗歌语言的节奏或者说诗人的语调,里面有呼吸的脉动和心灵的力量。其次是诗歌的结构。一首诗的结构在某种意义上更重于它的主题或者意义,它是一首诗的骨架,关系到诗歌能否立起或者说具有独特的形式感。其三是语言的陌生化。前苏联文艺理论家什克洛夫斯基提出的"陌生化"理论,仍是现代诗歌的重要参照系。陌生化从诗歌的声学角度讲,它会带来停顿,从而延时,扩增语言的张力。

　　我以为《这个世界的罪名》合符上述三个标准。但是要谈论这首诗,似乎还不能从诗本身开始,就像此诗带来的阻力和吸引力同样强大以至于读者去而复回,不得不进入沉思。这是诗歌的力量。我们所处的社会是一个娱乐化的世界,"思",已经变成非常奢侈的事情——就连写诗的人,都着迷快速制造,通过复制粘贴回车制造出令编辑批评家大加吹捧的"诗歌",这是一种现象,也是"思之不足"的普遍现实。诗和思本是不可分离的。编辑、批评家和诗人疏于思,就会反复上演"广播剧"。其实我们处身的时代,表面上一片繁荣,在国家崛起的蜃景中,有我们有意无意忽视的一片废墟:它在生长,在不断地吞噬着"公平"和"正义"以及野草般清新的词语的根芽。这是一个"人人有罪"的时代,罪名不仅是一种"灭火"工具,而且在某种意义上成了一种和维护普世价值的初衷相背离的东西。它的异化是这个社会最可怕的异化,而它异化的根部的最深层的因素,召唤着有良知的诗人的关注和思考。由于特定的社会制度和被规定的话语体系钳制,语言的程式化不断地让人的大脑趋于钝化。最主要的是,整个社会的冷漠、自私,缺少最基本的道德价值观,使人对事物失去了关注的热情——包括每一个人自身。这种自我的精神放逐呈现为虚无主义、物质主义和享乐主义的特征,物质成为了这个时代的最高主宰。它的统治和体制设计的缺陷让"腐败"、"潜规则"、"娱乐化"等等成为日常生活的荒诞剧中出镜率最高的词语。罪名以及它依托的法典和国家机器,一不小心就沦为权力和利益斗争的工具,而不是为了维护"真理"和"正义"——尽管它们在法典里的初衷有着清澈的理想主义光芒。当然,一个诗人不能停留在现象层面,也无需进行现象学的研究和批判。诗人所要做的,是要透过现象直指人心、直抵人性对事物进行重新命名,建立属于语言的"法律秩序"和"道德伦理"。

在当代诗人中间,罗羽有着独特的诗歌嗓音。他不属于诗坛,而属于诗。这位很多年偏居平顶山、如今栖身郑州的诗人,一直游离在"郊区",他从来不置身"中心",也不隐居于"古典",他的诗仅仅在少数诗人中间流传——近年因为博客的兴起,有了更多的渠道。传说中的罗羽嗜酒,有几分狂狷之气,但他的诗歌没有酒味,有的是一种足够清醒的清醒,声音是沉郁的甚至愤怒的。

> 不仅是河南,而且广播剧的祖国
> 遭遇了反普世价值的小丑。不是这样的
> 又是这样的

这种激愤的高音有着某种曼德尔斯塔姆的气质——我记得 2006 年在《北回归线》讨论罗羽诗歌的时候,他说了一句给我印象很深的话,他说,"我不羞于承认自己的写作有源头,我不是我自个儿的爹。我热爱阿什贝利、曼捷施塔姆等人,热爱陶渊明、杜甫等人,他们的书就放在我的枕边。"对现实的黑暗部分的穿越,是他的写作一个基本姿态。他的诗歌的语调,有老杜的沉郁,也有曼德尔斯塔姆的激愤。

有谁能反驳"广播剧"对"祖国"的命名?当然有。它是有失偏颇的。正如罗羽在博客回复里引用的这一段话:"在一种畸形反智毫无人性的文化背景下,所谓的大国崛起只不过是一个平庸的灾难片,不幸的是这部无耻的大片将由你我来主演。从这种意义上,腐败失控的官僚集团就是中国公民最大的恐怖之敌。腐败恐怖主义初期,中产者似乎不用担心。你不用下井挖矿也不用去流水线上打工,因此不需要担心矿难和生产事故。腐败恐怖主义发展到中期,多数人就无法置身于外了,你得坐火车坐地铁你得开车经过大桥,你住的房子品质无保证,你得去超市购买食物。发展到晚期特权者也不能远离'恐怖袭击'了。"显然正确,却不无漏洞,只可能是一种偏颇的正确。诗人的声音之清醒在于,它是诉诸感受的,而不是认识。"不是这样的,又是这样的。"正是清醒的声音,有命名之难,之无奈。

罗羽的诗歌有一个清晰的平民视角,视角很低,不单平民,连民工、性工作者、流浪汉,都进入了他的视线。他的关注是持续的,仿佛带着天赋使命的。作为一个出生于上个世纪六十年代初的诗人,罗羽对饥饿、贫困和政治癫狂都有着深刻的记忆,苦难和黑暗对他有着双重的教育,因而也决定了他的声音是沉郁的,而非轻飘飘的、廉价的悲悯。而这沉郁里的反讽或者嘲谑之音,是一个高级的"no",它永远在诗人的右手里,它之作为,是要为左手里的"是"清理道路,在极端的时刻,它是一种平衡。我们且来听听——

这时候,下车,来到饭场

就只有槐花和叶子的气味,吃着饭
细小的尘土落到碗里。也许是,玩偷菜
没有邀请灾难里的知识,一场暴雨

不仅造成最低温度,还让其他器具
成为渡人的筏子。街道上的鱼
挤到院子里,它们的鳍曾在水库拍打知觉的玻璃。

这种没有灾难的气味而只有"槐花和叶子的气味"的时刻是更多人——比如遍布这个国家每一个角落民工或者说平民——的某一个中餐或晚餐的时刻,他们没有时间当然也没有责任去关注"这个世界的罪名",而"玩偷菜","没有邀请灾难里的知识",显然是普遍的现实,正是这种社会的冷漠和逐利的疯狂带来了一场灾难。对一场洪灾的穿越现实的,比如关于"筏子"和"鱼"的想象显然有比现实更高的真实,这也是罗羽声音里一个轻扬的部分,"街道上的鱼 \ 挤到院子里,它们的鳍曾在水库拍打知觉的玻璃"——在沉郁之上,这种声音的延长,使重和轻取得了极好的平衡,犹如悲伤的大地上空飞翔着鸟群。

罗羽诗歌的结构普遍呈现散点透视的特征,发散性思维是他高超的诗艺里高于修辞的部分。而形象,明晰的形象,是这个骨架里的脊椎。"河蟹"和"比黑发更黑的奴隶"的遥想对应,"受侮辱的愉悦"和"蟹须"之红的比照,实在是犀利无比的揭示,又是沉痛的感受。这种像水族一样盲目沉溺于幻听和狭小的乌托邦的荒谬,何尝不是罪名的根源之一?

《这个世界的罪名》最后回到了"她的脚趾甲是紫色的,眼睛眯缝着"这个精湛的意象。我们可以联想这个一半"臆断"一半"事实"的意象来自于刚刚过去的这一年广受关注的一个"女孩",即因集资案站在死亡边缘的吴英,"眼睛眯缝着",此前她的"脚趾甲"或许也是"紫色"的,逝去的美和迷惘的现实如此残酷地交织一体,是一种冷酷的诗意,但是失之关注和缺乏强大的现场抽象能力,是不大可能以如此精确的意象为一首关于"这个世界的罪名"的诗有力地、而又不乏温情地起兴的。"车厢晃动,人工王国裂开"几乎是咒语,先知先觉地预告了诗歌诞生之后一次震惊世界的动车灾难。当然它的预言带有某种偶然性,诗歌本身是要从一种本质的观察获得形象性的语言。

显然,《这个世界的罪名》还体现出诗人一种出色的整体言说能力。这种能力的根本性特点在于,"好像"或"仿佛"退场了,代之以"是"或"不是"。不具备对事物的整体性观照和对世界的长期凝视,我们就很容易在面对事物时表现出怯懦、躲闪和含混其词,在"好像"与"仿佛"一带游移。罗羽对事物的命名是斩钉截铁的——

不仅是河南,而且广播剧的祖国
遭遇了反普世价值的小丑。不是这样的
又是这样的,只有光荣归于词语时,精神擦伤处

才能涂上她的脚趾甲的紫色。这可能
就是幸运,继续忍受,才能看到她
不一样的眼睛和专制者强加给生命的罪名,而所有轻扬的眼睛

就是这个世界的罪名

"而所有轻扬的眼睛就是这个世界的罪名",它哪怕有失偏颇也是正确的偏颇,是语言擦亮的论据一环扣一环加以"论证"的——这一番论述不是认识论而是存在论——所有的罪名来自于关爱的缺失。这种果决和精准在

他这一时期的另一首诗《祖国》里,发挥到了极致。

在罗羽大量的诗篇中,我们经常可以看到动植物的名词。以动植物的名称给事物命名,显然带来了陌生化的效果,这种"陌生"和诗歌里不断出现的河南地名的"熟悉",相得益彰,呈现出一种可贵的本土化的诗写特征。尤其植物名称里,有许多是中草药名词,我不知道它们是否来自于诗人独特的经验。但是,在这一首诗里,诗人采用了高浓缩的技术来处理与"这个世界的罪名"对应的事物:"车厢晃动,人工王国裂开","良心犯的衣裳都在退去假设","一些线条,一瞬间建成自杀者的房子",高度抽象而又具体,即陌生——让你久久停留,又具有巨大的冲击力,这正是布罗茨基评价曼德尔斯塔姆的诗歌语言之"焦点"、之"过饱和状态"所在。

罗羽的写作是令人尊敬的,不单是因为他的诗歌有一个强大的良心的底座。它们是面向时间和良知的,不断地左右开弓来展开批判和呈现存在,他之所是,不是耳朵边的轻轻劝说,而是要有一个"耳朵的广场"去收听"人妻哭喊",是包厢的歌声中突起的一声枪响——不是让你们在惊惶中逃离而是要面对满地折断的翅膀。其独特的诗歌美学,虽然考量着读者的耐心,但是诚如他所言,"继续忍受,才能看到她 \ 不一样的眼睛和专制者强加给生命的罪名",我们也要忍耐,方有可能进入一个清晰而丰富的世界,一颗博大而坚强的心。阅读可以消减孤独,增强自我。读罗羽,尤其如此,不单《这个世界的罪名》给了我这样的力量。

2012.4.9

这个世界的罪名
罗羽

她的脚趾甲是紫色的,眼睛眯缝着
车厢晃动,人工王国裂开
预先送出的气候正在变凉。这时候,下车,来到饭场

就只有槐花和叶子的气味,吃着饭
细小的尘土落到碗里。也许是,玩偷莱
没有邀请灾难里的知识,一场暴雨

不仅造成最低温度,还让其他器具

成为渡人的筏子。街道上的鱼
挤到院子里，它们的鳍曾在水库拍打知觉的玻璃。又一个

偏移也在发生，良心犯的衣裳都在退去假设
他们做不了桃花水母，就要建一个耳朵的广场
风，在吹那些监禁，人妻哭喊，只能听到

她发梢上枫杨的声音。河蟹，这是新的乌托邦的对应
水族馆里荡漾着诙谑，水箱给狐尾藻送去幻听
受侮辱的愉悦，就像蟹须一样红，一些线条

一瞬间盖成自杀者的房屋。日子
是一条哲学船，收容了旁观者和他们的剩余
除此以外，黑发的人是比黑发更黑的奴隶

不仅是河南，而且广播剧的祖国
遭遇了反普世价值的小丑。不是这样的
又是这样的，只有光荣归于词语时，精神擦伤处

才能涂上她的脚趾甲的紫色。这可能
就是幸运，继续忍受，才能看到她
不一样的眼睛和专制者强加给生命的罪名，而所有轻扬的眼睛

就是这个世界的罪名

建设 · CONSTRUCT

《浴室》69X34cm 王犁 画

诗的虚构、本质与策略

张曙光

　　小说的本质在于叙事,而诗歌的本质在于抒情。前者属于叙事类文体,而后者则可以划归到抒情的类别中(史诗和叙事诗兼有二者的特性,则当别论)。在谈论文学作品的虚构时,我们必须清楚,虚构是就情节而言的,叙事类文体可以虚构,而抒情类文本却难以用虚构来加以概括。在英文中,小说(fiction)与虚构使用的是同一个单词。纳博科夫说,"文学是想象,小说是虚构"。想象与虚构在词义上有交叠,也有不同之处,需要加以区分。我们可以说博尔赫斯在查尔斯河畔同另一个博尔赫斯的对话是虚构的,却不能说华滋华斯在《水仙》中"我像一朵云在孤独地游荡"也是这样,因为里面不存在一个完整的情节或事件,而只是情境和由此展开的抒情。

　　说诗歌的本质在于抒情,可能有人会感到不解。在一些人看来,现代诗注重的不再是抒情, 而是经验——或按一些人所说——也更多包含着智性的成分。其实经验中仍然具有情感因素,不同的只是抒写方式的改变。一个较为常见的误解是,不少人把我的诗看成是单纯的叙事,这其中至少有两点值得探究:一是把叙事性混同于叙事本身,就如同把"辣"的特质当成了辣椒的实体。二是认为我所有的诗都是叙事性的,更不免是以偏概全。因为除了叙事性,在我的诗中日常化的特点也较为充分,这一特点的体现不在所谓的叙事而是细节的运用,当然也不乏一些其它种类的诗。无论如何,这种贴标签的做法远远无法达到准确。说我的诗基本上是叙事的,还不如说我的诗基本上是反抒情的来得更为恰当。这样就产生出一个矛盾,因为我前面提到诗歌的本质就在于抒情,但如果把反抒情看成是另外一种抒情方式或是对抒情的重新建构就顺理成章了。我们一方面说诗歌的本质在于抒情,另一方面也必须看到在抒情上也确实存在或可以存在着不同的方式。诗歌写作从来就不是采用单一的方法,回顾一下诗歌史我们也许会更加深切地感受到这一点。希腊的诗歌除了史诗外,还有大量的抒情诗,当时的重要诗人,如萨福,如品达,都是抒情的高手。古罗马的诗中有一部分也属于此类,但同时出现了讽刺或讽喻诗。这就与抒情相抗衡,抗衡的目的当然不是取消抒情,而是对抒情的丰富和调节。十七世纪出现了蒲柏为首的古典主义,多涉理路(这条路后来被认定不那么走得通);德莱顿兼具讽刺和说理,且不乏才情,更易被人接受,但基本上是走的蒲柏机智俏皮一路。然后是玄学诗,强调智性和奇思妙喻,成为后来艾略特等人拿过来作为攻击浪漫派的武器,但这些并没有取消抒情,而只是抒情方式的改变。到了十九世纪,浪漫主义出现,抒情因素占据绝对优势,甚至可以说推到了极致,而抒情本身存在的问题也随之凸显。强调抒情可以使诗歌更加感性、优美,更加诗意化,更加利于自我表达,但也确实会带来华而不实的弊端,即刘勰在《文心雕龙》里说到的才胜于质。风习所至,在一些庸手那里就必定演化为浮华和矫饰,而浮华和矫饰无疑是艺术的大敌。后来的写作者必然要对此做出矫正,于是象征主义应运而生,采用暗示和象征的手法,运用某个象征物来把情感隐匿于其中;后来又有了艾略特的客观对应物的说法,他说诗歌是感情的方程式而不是感情的喷射器——但我们注意到他同样没有排除情感,他所要强调的只是传递情感的方式。里尔克则强调诗是经验,如果我们考察一下他所提到的经验,就会发现其中仍然会蕴含着情感因素。叶芝自称为"最后一个浪漫主义者",但他的个人化及面具主张也是正是出于去掉抒情浮泛性的考虑。归根结蒂,这些都是围绕着如何抒情展开,而不是要从根本上取消抒情。最终还是回到了诗歌写作上的一个最核心的问题:即如何抒情的问题。这是每个时代需要面对的、也同样是每个诗人需要面对的问题。

中国新诗的发展同样有着类似的问题。八十年代中国诗歌被认为是一个黄金期,因为当时的诗歌确实表现出一种自由奔放的势头,这或许是长期压抑后的必然结果。但随之而来的问题却是自我的过分膨胀和个人情绪的过分宣泄。艺术需要自由,也同样需要节制,需要气势,也同样需要技艺——艾略特在《荒原》的题献中把庞德称为"匠人"就说明了这一点。但实际情况是,一些诗人先是把自己假定成一个事实上不存在的先知或英雄,做一番膨胀，然后泥沙俱下的对各种题材和内容不加处理地进行抒发，里面不免夹杂着矫饰和浮夸。因为文学无论是叙事作品还是抒情性作品，想要打动人，首先要真实，其次要有相应的艺术手段。真实和审美应该是艺术的两维。巫师神汉们在祭台上做法也只能在短时间内让人产生敬畏，却不会让人感动。这是浪漫主义的极致，或者是浪漫主义的堕落。当时一些诗人尽管不是明确地认识到存在的问题，至少是感觉到了，也确实在寻找不同的表现方法。首先要达到的一点就必须在诗中减少抒情意味或因素，让诗坚实硬朗起来。我的写作被认为带有叙事性，但当时我想到的不是叙事，而在力图在诗中引进情境，即在一首诗应该表现某个特定的情境，然后让所有的句子都围绕着这个情境展开。在语言上也要避免空洞的句子，尽可能采用陈述的语句。但这些仍然也只是策略问题。这类诗仍然注重情感和经验，不同的是这些情感和经验是通过情境来展示。说到底，叙事性诗歌不具备完整的事件，只是某个或某些情境而已。情境可以是假定的，但不能说是虚构的，因为情境并不能构成相对完整的事件，所谓的虚构，也只是对于情节和事件而言。另一方面，任何写作在内容上都不是现在时而是过去时。我写"天在下雨"，外面不一定是在下雨，我是在追怀某一个确定的或不那么确定的雨天的经验和感想。叶芝"穿过长长的走廊边走边问，好心的戴头巾的老修女回答"，叶芝尽可以边走边问，但却不可能边走边写，他也只能是在事后追怀。事件可以虚构，但经验不能，情感更不能。欣赏一首诗，我们的关注点往往在于经验是否深入，情感是否真实，而不会去关心有多少虚构的成分，也无从去判断诗中的日常琐事是否经过了虚构。但对于诗人，要做到经验的深入和情感的真实，却往往要依赖某个真实的情境，因此这就决定了他诗中的情境往往是真正存在过的而很少是假定的。正是因为诗歌更多的带有追忆的特征，这些也决定了诗歌的非虚构性。另一方面，诗歌具有个人化的特点（从这一点上看，也不太适于虚构）。诗的意义向外辐射，从个别性上升到一种普遍性，那么诗中的"我"有时就会超出诗人本身。一般情况下，我们把这个诗中的"我"不是当成诗人自己，而是看成一个说话人，这个说话人既真实又虚幻，尽管明显带有诗人自身的特征，但并不能完全等同于诗人本人，更像是诗人扮演的一个角色。只有从这个意义上讲，诗才可能与虚构产生某种联系，但从根本上讲，其中的真实成分要远远大于虚构的成分。

　　人们常常会拿希腊诗人卡瓦菲作为虚构的例子。卡瓦菲的诗大体上分为两类，一类是描写个人生活的场景，亚历山大城，咖啡馆，他的生存状态和思考,以及他的同性恋人。这类诗会被认为是对个人生活境遇的真实抒写。另一类是有关历史题材,这部分可能会让我们联想到虚构。但无论如何,这些更多仍然是场景而不能构成完整的事件。唯一相对完整的是《等待野蛮人》,这更像是一首寓言体诗,使我们联想到了卡夫卡的某篇小说,但里面写到的仍是一个场景,一个情境:不明确的时代和国家,提到了说来却没有来的野蛮人,然而却没有一个完整的解释。其中尽管存在着虚构的成分,但说成是一个假想情境仍不为过(中国古代的一些游仙诗也属于这类假定情境的诗,但仍然是建立真实情感基础上的)。

我同意艺术并不存在着进步的观点——任何一种观念,一旦绝对化了就会出现偏颇——但另一方面,艺术也确实要随时代而变化。诗歌在不同的时期有着不同的演变、侧重和偏移,无非是出自两方面的原因:一是根据诗歌自身的发展需要来调节诗歌的策略。策略不能从根本上改变诗歌的本质,却可以提供一些新的方法和技艺,以便更好地表现诗人所处的那个时代。二是所采用的策略必然受到时代的风气和审美时尚的影响。但策略毕竟只是策略,它在一定程度上受制于本质,或者说,它的目的是更好地体现本质。当一种策略不能适应这一需要时,那么策略就要适当地实行调整和改变。策略的改变会影响到两个方面,一是写作的趋势,一是对既往诗人的不同评价,并在此基础上形成新的评判标准,并产生新的艺术风格和形式。后者从对诗人陶渊明评价起伏变化的这一文学史的公案中可以更加清楚地看出。对于这一点,张隆溪在他的文章里有很好的表述。他说,"陶潜诗歌在中国文学史上的接受是一个很好的例子。陶潜诗歌的价值在传统批评中的戏剧性变化之所以有意义,并不仅仅因为它让我们知道了审美趣味和审美判断的反复无常,同时也因为它向我们表明(当陶潜的作品终于被视为经典时):在中国诗歌的解读中,什么样的表现形式被接受为具有最高价值和最有意义的,什么样的风格特征成了人们熟悉的期待视野的一个组成部分。"(《道与逻各斯》)

张隆溪谈到了陶渊明平易质朴的语言成为当时的一个难题,同样是诗人也是陶渊明的推崇者的颜延之在为陶写的赞诔中只是赞美了陶的品格,却忽略了他作品的文学价值。刘勰和钟嵘也没有对他做出公正的评价。这是因为"陶潜的作品在当时大多数读者的眼中便必然是粗糙和缺乏色彩的"。甚至杜甫也"认为很难欣赏他那枯索乏味的语言"。这无非是因为"绚丽的辞藻被接受为他那个时代的标准"。也就是说,他背离了他的那个时代的审美取向。这似乎与我前面提到的相违背,但张隆溪引用另一位学者孙康宜的话说,陶渊明此举恰恰要用富于个性的声音使他的诗回归到"古代的抒情诗倾向"。这确实很有见地。如果粗略地看,陶渊明的诗与《古诗十九首》非常接近,陶渊明跳过自己的时代回到古代,所谓"古代的抒情诗倾向"又是什么呢?无非是以一种质朴无华语言和风格,更加直接地表现经验。可以看出,与其说回到古代,不如说回归到诗歌的本原,即本质上去更为恰当。我们是否可以说陶渊明比起当时那些使用华丽的辞藻来抒情的诗人们更好地把握了抒情诗的本质?确实是这样,苏东坡在写给弟弟子由的信中这样称赞陶渊明:"质而实绮,癯而实腴"。质是外在的,是指文风的朴素,绮是内在的,是指文思的绚丽。癯仍是表面上的干枯,而腴是指内在诗意的丰沛。为什么不能外在和内在达到统一呢?是陶渊明才情不够,无法做到,还是有意为之?毫无疑问当然是后者。用"质"来表现"绮","癯"来表现"腴",正好是用相反的取向形成一种张力。这一点在一些优秀作家那里可以得到印证。卡夫卡一方面在小说中体现出一种荒诞感,另一方面却又大量运用真实的细节。艾略特在《荒原》中一方面采用了象征手法,另一方面却又采用了自然主义的元素。这些是他们的高明处,因为单一的手段往往不如矛盾的因素来得有效。同样,陶渊明在形式和内容上的反差不但形成了自己独有的特色,也因削减形式的因素而使诗的本质得到了突出。苏东坡等后世诗人所以推崇陶渊明,一是因为陶的方法有助于经验的强化,这是从他的诗接受诗歌本质的绝对价值而言。同样也是借陶的钟馗来打浮靡矫饰文风的鬼,这仍然是诗歌中的策略,但也由策略上升到一个文学的审美尺度。

我所以在这里提到陶渊明,不仅是因为他是我最为推崇的诗人,也不仅因为他的个例能够说明诗的本质与策略的关系,更重要的原因是,他的作品同样也可以作为虚构问题的例证。日本一位叫一海知义的学者写有一篇关于陶渊明的文章,副题就叫"情寓虚构的诗人"。也就是说,他是从文学虚构的角度来展开对陶渊明的论述。他的出发点在于在文中谈到中国文学受到儒家思想的影响,虚构性文学一向地位很低。从这种文学发展的角度来谈陶渊明,似乎他是一位先行者。他在文章中次第论及《桃花源记》——乌托邦故事"、"《五柳先生传》——架空的自传"、"《形影神》——与分身的对话" "《读山海经》《闲情赋》——神怪与女色"、"《挽歌诗》《自祭文》——'我'的葬礼",其中难免有些牵强。《桃花源记》是一篇散文,后面附诗,文为主,诗为副。可能是陶渊明有意虚构了这么一个带有中国特色的乌托邦式的地方,也可能像一些人认为的那样,实有其事或依据了某种传闻。陈寅恪在《桃花源记旁证》一文中从历史和地理上做了详尽的考察，得出结论说，"疑其间接或直接得知戴延之等从刘裕入关途中之所闻见。"不管是出自史实还是传说，至少在陶渊明本人那里并不是虚构的。事实上，前些年在某些偏僻的地方确实有些类似的发现，但在陶文中这一切经过理想化了是毫无疑义的。他没有把这处理成一篇简单的笔记（像同代人干宝的《搜神记》那样），而是在其中寄予了自己的社会理想（依然沿袭了老子"小国寡民，鸡犬之声相闻，老死不相往来"的构想）。《五柳先生传》是散文，也未必完全是虚构，不过是给自己戴上一个假托的面具而已。《形影神》分身的说法属实，但无非是一个自我同另外自我的对话，与虚构并不相干。《读山海经》与《闲情赋》一是诗，一是文，里面提到了神怪，事出有据，算不上虚构。至于女色，可能是他把自己的理想进行了拟人化处理，也可能是老先生一不小心真的爱上了什么人，也算不上虚构。《自祭文》是文人的积习，在死前给自己撒些纸钱，顶多算是未雨绸缪。最有意思的倒算是《挽歌诗》。据一海说，最初他把这组诗当作诗人死前写的，这就和《自祭文》相类似。但后来看了别人的考据，说这是在陶壮年时所写，而且很多古本中都称为《拟挽歌诗》，说陶渊明虚构，从这个角度来说倒也不为过。但从根本上仍然属于假定情境。其实标题中的"拟"就很好地说明了这一点。我们可以把诗中的死者看成陶渊明的夫子自道，也可以看成所有死去或将死的人。相比之下，我更赞同孙康宜对陶渊明的评价，她在《抒情与描写——六朝诗歌概论》这本书中有一章关于陶渊明的论述，题目是《陶渊明：重新发掘诗歌的抒情传统》。她肯定了诗歌的抒情传统，也同时肯定了陶诗"重新发扬"了这种传统。她与日本人一海不同，她认为自传式构成了陶诗的一个重要特点。当然，如同叙事性不能等同于叙事一样，自传式也不能等同于自传，但至少与虚构无涉。这是"形象做出自我界定"。孙康宜说，"陶渊明的自传式诗歌不仅仅是披露'自我'，它还用共性的威力触动了读者的心。他把自己对诗中主角直接经验的关注放在视焦中心，从而成功地使其诗歌达到了共性的高度，因此能够得到读者的认同。"我们注意到这里出现了"虚构"。她接着说，陶渊明"在'写实'与'虚构'两端之间走平衡木，把中国文学带进了更加错综和多样化的境界。其诗歌的驱动力，恰恰有赖于这两面的开弓。"这里提到的"虚构"仍然是诗人自我的扩展，但问题在于，这个虚构的带有共性的角色和诗人自我有多大的差异？至少对我们这些读者来说，诗中的陶渊明的形象就是我们心目中的诗人形象。而从根本上讲，所有的诗人的作品都构成了他的另一类自传，即思想、情感和经验上的自传。

诗的本质和策略的关系是交互的,本质决定策略,不同的策略也会使诗的本质产生某种偏移,使重心得到改变。因此在华滋华斯那里,诗是情感的自然流露;而在里尔克那里,则成为诗是经验。深入认识诗的本质有助于选择不同的策略,不同的策略会使诗发生变化——也是通常所说的创新。在一首诗中,本质和策略相互博弈,在博弈中产生诗,生发出情感深度和写作难度。一首诗的价值也许就在这里。无论如何,诗歌无论是采用哪种写作方式,但都必须触及心灵深处,而这种触动,仅凭智性是无法达到的。我们强调诗歌的非虚构性,也正是为了在更大限度上达到情感的真实。诗歌真实已经被我们强调得太多,但这种真实不仅是认知上的真实,同时也更应是情感上的真实。正如诗歌的深度不仅是认知上的深度,也更应具有情感的深度一样。

从《白夜》到《雨夜》：
一种"萨米兹达特"（Samizdat）式的新抒情主义

柏桦

何谓"萨米兹达特"？马克·斯洛宁对此有详尽叙述：

二十年代，自由刊物遭到禁止，革命前的一些出版社都被封闭；从此以后，国家对文学艺术所施加的压力就逐年加强。结果，许多诗歌、文章和短篇小说都因有'颠覆性'或暧昧的内容而没有获得在'合法'刊物上发表的机会；于是它们开始以打字稿的形式在主要是知识分子中间流传。但直到斯大林逝世为止，这种'刊物'只是偶然出现，范围很小，地区也很分散。不过，从那时起，它就具有广泛而有组织的活动的特征，成为自由发表意见的一种出路，并获得'萨米兹达特'（俄语的意思是'自发性刊物'）的名称，这一著名的名称不仅在苏联，而且在西方也使用了。'萨米兹达特'以莫斯科和列宁格勒为中心，并小范围地在一些省城逐渐扩展成为打字的、油印的，以及照相复制的一种真正的地下刊物。……'萨米兹达特'成了一种重要的文化因素，也成了使保安机构伤透脑筋的侦查对象。'萨米兹达特'的活动在1955年至1965年间达到了全盛时期。后来，它不仅涉及到诗歌和小说，而且还涉及到政治、哲学和宗教。1957年，帕斯捷尔纳克那部长达五百六十多页的小说《日瓦戈医生》在苏联遭到禁止，在西方却以原文和多种译文出版，这时，该书被偷偷地带进俄国，由'萨米兹达特'翻印了其中大量章节。这是一种双向交流的开端：许多最初由'萨米兹达特'传播并秘密送往国外的作品，印成书后又被作为走私品、'违禁品'运回俄国，再由国内翻印流传。索尔仁尼琴的著作就是采用这种方式，由'萨米兹达特'有计划地加以翻印。作家们也经常通过迂回的途径把自己的作品送往国外出版。……约瑟夫·布罗茨基早在他流放前很久就在'萨米兹达特'上发表诗歌，虽然这些作品在苏联从未正式出版过；他的诗集《长短诗》于 1965 年在纽约出版。"①

从上可知"萨米兹达特"就是前苏联出版的地下刊物。而"今天"的出版模式与前苏联的地下刊物的运作过程极其相似。不过此文不讨论两者的运作模式,只是从两首诗来谈一种共通的抒情强力,即一种新抒情主义(对抗式的或"民族寓言"式的)。

此处所谓"新抒情主义",大致可以这样理解:它是一种对抗式的强力写作,即个体之情对抗极权之情的写作。需知,极权主义本质上是一股巨大的集体情感力量,反抗者必须有足够强大的个人情感力量,才得以与之抗衡,这是一种以个人之情反抗集体之情的激烈、强力的抒情,这种抒情,我将之命名为新抒情主义。由于新抒情主义产生的文本因其特殊的政治原因,往往被迫以非公开的地下方式秘密流传。新抒情主义成为一个时代(国家)一部分写作者的共同写作模式(我将在下面通过对《白夜》和《雨夜》的讨论,对这种写作模式进行阐释),并具有思潮的性质和特点。在这个意义上,亦可认为,它是一个国家特殊时期的极具悲剧色彩的民族寓言,这种激烈、强力的抒情在整个国家范围内秘密地进行,它不同于既往出于对时间"惘惘的威胁"而产生的抒情,而是以一种对抗的方式尖锐地存在,它的写作对抗的对象具有虚妄、乌托邦性质。随着国家生活相对正常化,以及个人主义获得的存在空间的相对拓展,这种对抗美学(以个人之情反抗整个社会)也随之淡化,逐渐减弱。从地理覆盖范围看,新抒情主义包括前苏联和东欧的地下文学,以及中国"文革"以来的地下文学,其代表性作品主要是帕斯捷尔纳克的《日瓦戈医生》及其抒情诗,在中国主要是北岛的诗歌,诸如《回答》、《雨夜》等。

俄罗斯的白夜,帕斯捷尔纳克(Boris Leonidovich Pasternak)的白夜,是"清晨的寒意侵袭着我们",是单薄的两个人在"涅瓦河边一间楼房"与国家机器相抗衡,那是怎样一种惊世骇俗的力量。帕斯捷尔纳克在此将这种"白夜"式的私人爱情叙述转化为了一种宏大的俄罗斯式的对抗美学姿态,一种我们才能理解的"民族寓言"(相关阐释见后)。现将全诗录下,以供参照:

> 我见到遥远的往昔:
> 彼得堡涅瓦河边一间楼房,
> 你,大草原里一个小地主的女儿,

从库尔斯克来读书。

美人儿，你赢尽男子们的倾慕。
但在这白色的夜里，你和我
舒适地坐在你家的窗前
从高楼向下俯视。

像下面那蝴蝶似的煤气街灯，
清晨的寒意侵袭着我们；
像那沉睡中的远景一般
我柔声和你长谈。

我们，仿佛是沿着无际的涅瓦河
延展出去的彼得堡，
在怯羞的虔诚之中
被一个神秘的谜笼罩。

野外，远处，在密林中，
在这白色的春夜，
枝头夜莺千折百转地高唱，
咏叹的歌声震动着林野。

夜莺的高歌激越入云，
这细小而平凡歌手的歌声
在那迷乱的树林深处
挑逗着、唤醒了欢乐的心。

夜，像赤脚的朝圣妇人，
徐徐地挨近围墙，
从窗棂跟踪到她的背后的
是我们细语的声响。

在这些被她偷听的细语的回声中，
在围墙里边的园榭里，

苹果和樱桃在枝上
开着美丽的白花。

这些树,像白色的幽魂
从园里挤出到外面的路上,
如同挥手告别
这白色的夜,和整夜里的见证。

作为地理学意义上的"白夜",是指大气光学作用(大气对阳光的折射和散射)导致的夜晚天空明亮的现象。即:太阳落入地平线以下之后到第二天日出前这段时间内,天空通宵处于"晨昏朦影"的状态。它又被叫为"曙暮光",日出前叫"晨光",日落后叫"昏影"。这种夜晚,人们可以不必借助灯光而跟白天一样从事各种活动。白夜出现在夏季的高纬地带,其发生范围,可以由南、北极点(南、北纬90°处)外延至南、北纬48°34′地带。在我国最北端漠河附近,接近夏至日时,会发生白夜现象。而帕斯捷尔纳克所书写的彼得堡的《白夜》(见前),也同样因为处于高纬度地区,每年夏季也都会出现白夜现象,无昼无夜,通体光明。曾经的彼得堡诗人布罗茨基对此更是深有体会。

正因为白夜是俄罗斯人生活中不可或缺的部分,所以所有的文学家都乐于书写这个主题,陀斯妥耶夫斯基是,帕斯捷尔纳克是。甚至那些没有直接以此为题来书写的作家都在秘密进行着这样一项事业。因为"白夜"已成为一个象征,它是第三世界国家的"民族寓言",是俄罗斯式的激情对抗美学。(可参见柏桦,余夏云的文章《"今天":俄罗斯式的对抗美学》)。

爱德华·萨义德(Edward W.Said)在《知识分子》一书中描绘了这样一种具有国际胸怀的知识分子形象,他说:

除了这些极其重要的任务——代表自己民族的集体苦难,见证其艰辛,重新肯定其持久的存在,强化其记忆——之外,还得加上其他的,而我相信这些只有知识分子才有义务去完成。……我相信,知识分子的重大责任在于明确地把危机普遍化,从更宽广的人类范围来理解特定的种族或民族所蒙受的苦难,把那个经验连结上其他人的苦难。②

显然,萨义德描述的这个形象并不适用于俄罗斯的知识分子。因为他们有着太过鲜艳的民族特性和时代特征,以至于他们只强调和关注自己民族的苦难，他们书写的是"今天"，而非"未来"。赫鲁晓娃（Nina Khrushcheva）说："纳博科夫（Vladimir Nabokov）才是俄罗斯的未来"。因为：

> 19 世纪俄国文学作品里的大多人物都很典型——苦难、悲惨成了共同的前提意识，从来没有好结局。俄罗斯人在现实中不顺利，就从这些人物身上寻找安慰。我们安慰自己：没有洗衣机、食品店，可是我们有俄罗斯精神，这就能构成一个大国。而纳博科夫一生都没有这样的主张，他自称从来没有社会目的，写作只为自娱。可如果你看他的作品，尤其是上世纪 40 年代后用英语撰写的作品，他基本上是在为俄罗斯人改写俄罗斯文学。③

　　赫鲁晓娃的指认表明，陀思妥耶夫斯基等人属于俄罗斯的昨天，他们镌刻了体制生活下鲜明的时代印记。尽管他们最终将走向世界，但他们首先只属于俄罗斯。换言之，他们是在书写一种杰姆逊（Fredric Jameson）意义上的"民族寓言"。而这种"寓言"的关键词就是"白夜"。
　　正是出于这种民族受难的考虑，俄罗斯的现代诗与西方的现代诗有着截然不同的面貌，帕斯捷尔纳克、曼杰斯塔姆、茨维塔耶娃（Marina Tsvetayeva），他们写的不是西方所谓的"世界主义诗歌"，而是有一个鲜明的苏联社会主义背景。他们首先要用诗歌解决个人生活中每天将遭遇的严峻现实政治问题，为了突破"政治"、歌唱自由，他们不惜用尽一切"细节"、一切"速度"、一切"超我"，像一只真正泣血的夜莺，如帕斯捷尔纳克的《白夜》便是最好的证明，他以私人的爱情书写来对抗一个公开的国家，而西方诗人从某种意义上说已超越了政治而专注于最普遍、最基本的人性本身。正如一位作家所说，"帕斯捷尔纳克是苏联的作家。而索尔·贝娄（Saul Bellow）不仅仅是美国作家，也是全人类的作家，他越过了地缘政治这一概念，在作品中表现了对全人类的所有人性问题的关注、理解和同情。"
　　但是，俄罗斯式的美学，在对抗中生成，也惟有在对抗中才有存在的意义。苏联解体，东欧剧变，这些事件统统使得对抗在瞬间瓦解，"白夜"的意义在顷刻湮灭。所以，90 年代以后，昆德拉（Milan Kundera）之类失效了，纳博科夫才预示着一个国家民族未来的展开。
　　顺便说一下（以散文式口气并有意逸出主题）：1987 年我写《琼斯敦》，那是另一个"白夜"。那时我无意中卷入了西洋式的加速度，青春的胸膛再次充满渴望爆炸的军火，现实或理想的痛苦在撕咬着愤怒的眼泪，热血的旋涡如疾雨倾泻于玻璃，感情在突破，性急与失望四处蔓延，示威的牙齿漫骂着、啃着一排排艰难时日，"谁是我们的朋友，谁是我们的敌人"对于这一

重要问题,我们已经混淆了、厌恶了,……我在酒精的毒焰中挺身代替曼杰斯塔姆"残酷的天堂",我宣告:

孩子们可以开始了
这革命的一夜
来世的一夜
人民圣殿的一夜
摇撼的风暴的中心
已厌倦了那些不死者
正急着把我们带向那边

幻想中的敌人
穿梭般地袭击我们
我们的公社如同斯大林格勒
空中充满纳粹的气味

热血旋涡的一刻到了
感情在冲破
指头在戳入
胶水广泛地投向阶级
妄想的耐心与反动作斗争

从春季到秋季
性急与失望四处蔓延
示威的牙齿啃着难挨的时日
男孩们胸中的军火渴望爆炸
孤僻的禁忌撕咬着眼泪
看那残食的群众已经发动

一个女孩在演习自杀
她因疯狂而趋于激烈的秀发
多么亲切地披在无助的肩上
那是十七岁的标志
唯一的标志

而我们精神上初恋的象征
我们那白得炫目的父亲
幸福的子弹击中他的太阳穴
他天真的亡灵仍在倾注：
信仰治疗、宗教武士道
秀丽的政变的躯体

如山的尸首已停止排演
空前的寂静高声宣誓：
度过危机
操练思想
纯洁牺牲

面对这集中肉体背叛的白夜
这人性中最后的白夜
我知道这也是我痛苦的丰收夜
　　　　——《琼斯敦》

北大的钱文亮在解读该诗时也曾注意到了"白夜"这个词，他说：

　　这是柏桦非常喜欢的一个意象，在他的诗中多次出现。很明显的，它标
示了柏桦诗歌资源中的俄苏文学因素，那种理想主义的、幻美的、苦难中超
越的、带有宗教性的献身激情与净化功能的、个人倾诉性的对青春与爱情
的想象与表达。它是贯穿于屠格涅夫的散文诗和《猎人笔记》、果戈理的《狄
卡近乡夜话》、托尔斯泰的《战争与和平》到帕斯捷尔纳克的《日瓦格医生》
等等文学作品中的一种影响深远的精神传统，在陀斯妥耶夫斯基的中篇小
说《白夜》里更具有深刻的表现。《白夜》写的是一个孤僻成性的"梦想者"与
孤女娜斯晶卡邂逅的故事，在四个白夜里，两人互诉衷肠，并且"梦想者"爱
上了娜斯晶卡。但是娜斯晶卡的情人突然归来，"梦想者"虽然很痛苦，却仍
然怀着感激之情向她祝福……"梦想者"身上的这些美德——精神的纯洁
和爱情方面的自我牺牲，曾经深深影响了北岛、柏桦他们这代人。与此相
关，柏桦特别喜欢白色、白银、白马、白夜，尤其是白夜；这是一个美妙的情
境，这样的夜晚，"只有在我们年轻时才有。星斗满天，清光四射"，与柏桦热

爱旧时代的自然风物的情怀正相契合。……因此,"白夜"在柏桦那里成为一种超现实之美的象征,……是一种"飞翔"的激情,"爆炸"与"燃烧"的激情,或者说"革命"与"毁灭"的激情,……而激情式的抒情则是要以"抵抗"为前提……(洪子诚主编《在北大课堂读诗》)

尽管不可否认,我们那一代深受俄罗斯的影响,而且我本人也沉迷于俄罗斯诗歌,但是我想说的是,这首诗写在我的青春飞行期,那是一个充满躁动不安和波德莱尔式的"恶之花"的时代,它更多的是一种热血和燃烧,是一首极端个人化的诗,暗藏了许多个人情结与私人象征,其中有对抗的力量,但也有超越对抗的莫名的力量。它一方面代替了曼杰斯塔姆"残酷的天堂"在发言,另一方面它又属于我个人的经验,而不是一个民族的记忆。

2007年6月我写《水绘仙侣:1642-1651——冒辟疆与董小宛》一诗时,我又一次注意到并有意使用了"白夜"这个词:"富贵人生映照着这依旧夺目的白夜"。在离开《琼斯顿》整整20年之后,我想我这一次是获得了一次胜利。因为它无关对抗,也没有白热的个人情结。我在这个西方语词中容纳了一个古典的语境,它仅仅是指一个明末夜晚的华贵画面,在江南,在水绘园,繁华与清安并在,古典与现代互现。它复现了晚明王朝最后的风华声教,追忆了一个永世不在的以精致闲雅时尚的遗民世界。

水绘园的白夜,是花前月下,一对神仙眷侣及一群好友轻轻地生活,不打扰人家,亦不回应时事。他们只为自己的似水流年,如花美眷而生活着,做一份人家。尽管贵重,却绝不是王侯将相的霸气,睥睨一世的孤高,而仅仅是一种安闲的风日无猜,细水长流。

这里没有对抗,只有隐逸。孤云独去,众鸟高飞,这是中国的语境,中国的感觉。尽管冒辟疆年轻时为着家国抱负彻夜不眠,英雄煮酒,但是在与董小宛相携而伴的九年里,他显得优游自足,认为一生的清福即在其中。

每花前月下,静试对尝,碧沉香泛,真如木兰沾露,瑶草临波,备极卢陆之致。东坡云:"分无玉碗捧峨眉。"余一生清福,九年占尽,九年折尽矣。(冒辟疆《影梅庵忆语》)

忆年来共恋此味此境,恒打晓钟尚未著枕,与姬细想闺怨,有斜倚薰篮,拨尽寒炉之苦,我两人如在蕊珠众香深处。令人与香气俱散矣,安得返魂一粒,起于幽房扃室中也!(冒辟疆《影梅庵忆语》)

这长久的中国古典式的白夜里有：爱情，有回忆，有隐逸（虽暗含政治），更有日常。它是我对一个西方语词的中国化理解，它代表了一次转化。

如下再返回主题：

北岛的一系列抒情诗最能代表那个时代年轻的心之渴望。他安慰了我们，也焕发了我们，而不是让我们沉沦或颓唐。"以往的辛酸凝成泪水，用网捕捉我们的欢乐之谜。"仅这《雨夜》中的二句就足以激起几代人的感情波涛。它不是简单意义上的当时的"伤痕文学"，这两句不但足以抵上所有的伤痕文学，而且是更深地扎向伤痕的最深处。它的意义在于辛酸中的欢乐之谜，只有辛酸（或伤痕）是不够的，重要的是辛酸中悄悄的深刻与甜蜜和个人的温柔与宽怀，甚至要噙满热泪，胸怀欢乐去怜悯这个较为残酷的世界。《雨夜》又一次体现了北岛抒情诗的伟大性之所在，它与俄罗斯式的抒情是相通的。《雨夜》寓意了社会主义国家里一个平凡而真诚的人的故事，一个感人而秘密的爱情生活故事，当然也如同帕斯捷尔纳克的《白夜》一诗那样是关乎对抗的故事。这故事如一股可歌可泣的电流无声地振荡了每一个读者的心，唤醒了他们那沉睡已久的麻木生活。《雨夜》当之无愧是 70 年代的"娜娜之歌"，是中国《泪城》。

相比之下，毛泽东时代越消解个人生活，个人生活就越强大，个人生活的核心——爱情就更激烈、更动人、更秘密、更忘我、更大胆、更温情、更带个人苦难的倾诉性、更易把拥抱转变为真理。正如帕斯捷尔纳克所吟唱的"天色破晓之前已经记不起，我们接吻到何时为止。""拥抱永无休止，一日长于百年。"以及他在《日瓦戈医生》中所塑造的娜娜，这一完美女性的真理形象，那近乎圣母玛利亚的形象。在娜娜身上，他倾注了他所有的理想、抱负、热血、眼泪和美。他对娜娜所进行的无限的幻美使他摆脱了可厌又可怕的人间生活。这一点似乎证明了杰姆逊所说的第三世界文学都是"民族寓言"的文学，即爱情这个很私人的题目变成了对极权的反抗，对压抑的突围。这里的娜娜如此，《生命中不能承受之轻》的萨宾娜如此，北岛《雨夜》中"血的潮汐"亦如此。

而另一些话，另一些黑夜中的温柔细语，另一些乌黑的卷发和滚烫的呼吸在北岛的"雨夜"中歌唱，我们会情不自禁地念出这些我们记忆中的诗行（而不是戴望舒的《雨巷》）：

当水洼里破碎的夜晚
摇着一片新叶
像摇着自己的孩子睡去

当灯光串起雨滴
缀饰在你肩头
闪着光，
又滚落在地
你说，不
口气如此坚决
可微笑却泄露了内心的秘密

低低的乌云用潮湿的手掌
揉着你的头发
揉进花的芳香和我滚烫的呼吸
路灯拉长的身影
连接着每个路口，
连接着每个梦
用网捕捉着我们的欢乐之谜
以往的辛酸凝成泪水
沾湿了你的手绢
被遗忘在一个黑漆漆的门洞里

即使明天早上
枪口和血淋淋的太阳
让我交出青春、自由和笔
我也决不会交出这个夜晚
我决不会交出你
让墙壁堵住我的嘴唇吧
让铁条分割我的天空吧
只要心在跳动，就有血的潮汐
而你的微笑将印在红色的月亮上
每夜升起在我的小窗前
唤醒记忆

　　出奇不意的"铁条"，我们生活经验中一个熟悉而"亲切的"词汇，在这里，它带着一种近乎残忍的极乐（beatitude）刺入我们欢乐的心中。
　　"爱情"作为一种"民族寓言"在此昭然若揭。公与私，艺术与政治在此融为一体,不分彼此。联系到中国文学的传统,"爱情"一直是一个"民族解放"的关键点,明代的汤显祖写《牡丹亭》如此,苏曼殊写《断鸿零雁记》如此,周瘦鹃缠缠绵绵地纠缠这"情"字发力,连严峻的鲁迅也会在《伤逝》中以"情"来探讨中国的命运与前途。哈佛大学李欧梵教授曾在他的讲演录里多次征引安德森"想象的社群"理论,来讨论梁启超的《新中国未来记》是如何借小说叙事来传播民族国家崛起的"大叙述"想象。尽管安德森的这一理论偏重于媒介——小说、报纸——研究,但是显然故事的内容也为这类政治小说起了关键作用。显然,《新中国未来记》可以看作这种"浪漫的建国小说",因为它模仿了日本小说《佳人奇遇》,而这个名字本身就说明了它的"才子佳人"模式。李欧梵说,在中国这类的建国小说只有《新中国未来记》能勉强算一部,而这种"中国爱情"模式,在中国现代文学中,如"革命加爱情"的小说就特别引人注目(这方面刘剑梅有专书讨论:《革命加恋爱:文学史、女性身体与主题重复》)。为此,我们也应将北岛的《雨夜》放入这样一个"爱情中国"传统或王德威所说的"抒情传统与中国现代性"的连环中去考察。

"铁条"和爱情和受难和我们日常性的束缚和"伟大的"政治纠缠在一起。这样的抒情诗(或爱情诗)当然会在人们的心中一石激起千层浪。这"雨夜"中的"铁条"正好就是人们内心珍贵的铁条、幸福的铁条,它已升华为一种普遍的英雄象征——当一个人即将成为烈士时,他会含着这个象征(或这个崇高的微笑)从容地面对死亡。

"娜娜式的"爱情或"雨夜"式的爱情成了社会主义国家被压抑的人民心中至高无上的偶像(这压抑指 60-70 年代),一个我们自己才能理解的神话。即便像赵一凡这样研究西方后现代的学者,也会在哈佛大学的学生咖啡厅里,随着"娜娜之歌"的插曲开始他"昔日重来"的精神漫游或"用网捕捉我们的欢乐之谜"的漫游。④但这个神话,宇文所安认为是应当避免写出的。他说:"这种伤感正是现代中国诗坛的病症,较古典诗歌中令人窒息的重荷更为不堪忍受的欺骗。在现代中国,这种病症出现在政治性诗歌中,也在反政治性诗歌中出现。"⑤真的应当避免写出吗?其实这是一首具有典型中国社会主义政治现代性经验的诗歌,它有着十分特殊的中国语境,而这个语境是宇文所安绝对不能理解的。另外,还有一个重点必须指出,即"政治性"是中国文学和诗歌自古以来的一个深远传统。吉川幸次郎也反复说过:"中国文学以对政治的贡献为志业,这在文学革命以前,即在以诗歌为文学中心的时代就已是这样。诗歌的祖先《诗经》是由各国的民谣及朝廷举行仪式时所唱的歌组成的,后者与政治有强烈的关系,自不用说,前者也常

Poetry Construction

常有对于当时为政者的批判，这成为中国诗的传统被一直保持下来。被称为伟大的诗人的杜甫、白居易、苏东坡等，也是因为有许多对当时政治持批判态度的作品才成为大诗人的。一般来说，陶渊明、李白对政治的态度比较冷淡，但大多数的中国评论家又说，其实二人都不是纯粹的不问世事的人，他们也有对当时政治的批判或想参与政治的意图，这是符合事实的。当然，这并不是说没有只写个人情感的诗人。但这些都是小诗人，不会给予很高的地位，这是中国诗的传统。"（吉川幸次郎《中国的文学革命》）因此，我认为，讨论北岛早期诗歌的政治性，应该将其置于这个伟大的中国传统中来进行，而非简单的否定。

今天派的诗歌形式与俄罗斯的现代诗歌形式更相契合（虽然也受了一些西方诗歌影响）。俄罗斯的现代诗与西方的现代诗是不同的，帕斯捷尔纳克、曼德尔斯塔姆、茨维塔耶娃，他们写的不是西方所谓的"世界主义诗歌"，而是有一个鲜明的苏联社会主义背景。他们首先要用诗歌解决个人生活中每天将遭遇的严峻现实政治问题，为了突破"政治"、歌唱自由，他们不惜用尽一切"细节"、一切"速度"、一切"超我"，像一只真正泣血的夜莺。西方诗人从某种意义上说已超越了政治而专注于最普遍、最基本的人性本身。正如一位作家所说："帕斯捷尔纳克是苏联的作家。而索尔·贝娄不仅仅是美国作家，也是全人类的作家，他越过了地缘政治这一概念，在作品中表现出了对全人类的所有人性问题的关注、理解和同情。"而今天派的背后同样有一个社会主义背景，俄罗斯诗歌自然而然成了它的姐妹。从这一点上说，今天派是那个时代的必然产物。毋庸置疑，同样的内容、同样的背景，当然就采用同样的形式。

注释：

①：马克·斯洛宁《苏维埃俄罗斯文学》，上海译文出版社，1983 年版，第395—396 页。

②：爱德华·W·萨义德《知识分子》，单德兴译，陆建德校，北京：三联书店，2002 年，第 41 页。

③：赫鲁晓娃《纳博科夫才是俄罗斯的未来》，《南方周末》，2007 年 3 月29 日。

④：赵一凡《埃德蒙·威尔逊的俄国之恋——评《日瓦戈医生》及其美国批评家》，《读书》，1987 年第 4 期。

⑤：宇文所安《何谓世界诗歌？——对具有全球影响的诗歌之期望》，《倾向》，1994 年第 1 期。

《雨后黄昏》140X69cm　王犁　画

Poetry
Construction

翻译 · TRANSLATION

贝托尔特·布莱希特（Bertolt Brecht,1898—1956），德国剧作家、戏剧理论家、导演、诗人。年轻时曾任剧院编剧和导演。曾投身工人运动。1933年后流亡欧洲大陆。1941年经苏联去美国，但战后遭迫害，1947年返回欧洲。1948年起定居东柏林。曾任德意志民主共和国艺术科学院副院长。1951年因对戏剧的贡献而获国家奖金。1955年获列宁和平奖。

布莱希特诗选（17首）

黄灿然 译

　　布莱希特是一位伟大戏剧家，这是大家都知道的，但他首先是，以及更是一位伟大诗人，这是较少人知道的，但在文学界和诗歌界，却已是共识；布莱希特和里尔克是二十世纪德国两位伟大诗人，这是另一个共识。现在的分歧是，里尔克与布莱希特谁更伟大？我认为我们完全可以兼容并蓄：两个都伟大。但布莱希特的伟大，是很晚近的事。当然，目光敏锐者例如奥登，仅凭布莱希特已出版的少数诗歌，尤其是他的早期诗，就把他列入影响他的十来位诗人之一。但是，布莱希特的诗全集直到一九六七年即他死后十余年才出版，总共有约一千首诗，其中只有一百七十多首诗是他生前出版过的，包括十多首戏剧中的歌。他生前出版过三本诗集，最早一本在柏林出版，另两本是流亡期间由国外移民出版社出版。他不停地写诗，不停地做戏剧，但对发表诗歌作品却颇为消极，甚至冷淡。其中一个理由是"我的诗歌是反对我的戏剧写作活动的最有力理由，大家都会叹一口气说，我爸爸应让我去写诗而不是去蹚写戏的浑水"。即是说，他更重视他的戏剧活动，而把写诗当成非常私人的事。他的英译诗集编者和译者之一约翰·惠勒特说，也许布莱希特比除卡夫卡之外的任何大作家都更满足于认为，自己更重大的成就应维持隐而不露。

　　惠勒特还说，很不幸，我们很多人都必须被引导去倒过来理解布莱希特：先研究他的理论，然后研究他的戏剧，然后才把他的诗歌当作他戏剧的副产品来对待。事实恰恰相反，是他的诗引向并浸透他的戏剧，再从戏剧产生他的理论。他说，布莱希特最主要成就是诗歌，无论从时间上说（他最早是写诗，他最早的戏剧是把诗歌活动移向舞台的结果），还是从艺术重要性而言。任何人看不到布莱希特的语言是诗人的语言，就是未领会他全部著作的主要动力。

　　布莱希特熟读英语诗歌、古希腊诗歌，他的影响来源还包括路德译的《圣经》、维庸、惠特曼、波德莱尔、兰波、贺拉斯、吉卜林等。尤其值得注意的是,如同他受中国戏剧影响一样,他很早就通过阿瑟·韦利的英译本,接受中国古典诗歌的影响,他的中后期诗尤其明显。

布莱希特生于 1898 年,在 1933 年希特勒上台时开始流亡,最初辗转于北欧各国,然后于 1939 流亡美国,1947 年才重返欧洲,不久,回到东德,创办柏林剧团。他的诗亦可以粗略地分为早期、流亡期和晚期,每一时期都产生很多好诗和杰作。他写了很多政治诗,其中很多非常出色,也有一些是单调教条的。

这里选译的,主要是根据约翰·惠勒特与拉尔夫·曼海姆合编、众多译者译的大部头《布莱希特诗 1913–1956》,同时参考另一些英译本。另外,我顺便译出英国的德语诗歌翻译家戴维·康斯坦丁的一篇文章,它是一本评论布莱希特诗歌的论文集的序言。康斯坦丁也是荷尔德林诗歌的英译者,他言简意赅地谈了布莱希特诗歌的某些优点,但是当他把布莱希特与里尔克拿来比较,并把里尔克贬为"令人厌恶"时,就失之于褊狭了。这也是很多评论家或读者的误区,往往为了强调某一方的优点,而不必要地贬低另一方。

——译者

关于一个甜心之歌

我知道,甜心们:由于我一生放荡
我正在掉头发,睡在石头上。你们看见
我喝最廉价的酒,我赤裸走在风中。

但是,甜心们,我也有过纯洁的时光。

我有过一个女人,她比我坚强,就像草儿
比公牛坚强;又挺起来了。

她知道我坏,而她爱我。

她不问那条路通往哪里，那是她的路，
也许它通往山下。当她把身体献给我
她说：全在这里了。她的身体变成我的身体。

现在她不知去向，像雨后的云那样消失，
我让她走她就往下走，因为那是她的路。

但是在晚上，有时候当你们看见我喝酒，我就看见
她苍白的脸在风中，坚强地转向我，
而我在风中向她鞠躬。

关于弗朗索瓦·维庸

1
法兰索瓦·维庸是一个穷人的儿子，
寒风唱他唯一的摇篮曲。
在他整个冷雨和寒风的青年时代
周围唯一美丽的事物是无垠的天空。
弗兰索瓦·维庸，他没有一张可躺的床，
但很快就发现凉风已让他很满足。

2
屁股青肿，双脚流血，他发现
石头比巉岩更尖锐，更容易割破皮肤。
他更快学会用石头扔周围的人，
还学会在击垮他们之后庆祝。
而如果发展到不可收拾需要防守
他很快就发现不可收拾让他很满足。

3
他一生都被拒于上帝的餐桌之外，
因此天堂的赐予他都得不到。

他的命运是用刀刺男人
把脖子伸进他们设下的圈套。
那就让他们吻他的屁股,当他准备
吃一点食物,食物让他很满足。

4

他对天堂甜蜜的奖赏不瞥一眼,
警察用他们的大手打断他的骄傲,
然而他也是我们亲爱的主的孩子:
他长时期穿行于风雨中,朝着
他唯一的奖赏——绞架的方向走去。

5

法兰西斯·维庸没有被抓,而是隐藏
在丛林中死去,躲过了监狱——
然而他粗鄙的灵魂将永垂不朽,
像我这首歌不会陈旧。
而当他,可怜的苦命人,摊开四肢躺着死去,
他发现这样摊开着也让他很满足。

骑着游乐场的木马

骑着游乐场的木马,
我在儿童们中间跃动——
腾飞而起,我们抬起幸福的面孔
仰望黄昏神奇的晴空——
所有的路人都站在那里哈哈笑,
而我听见他们说,完全像我母亲:
啊,他这么特别,他这么特别,
啊,他跟我们完全不一样。

跟我们那些社会名流坐在一起,
我向他们陈述我不寻常的观点,

他们都盯着我，直到我流了点汗——
他们不流汗，那可是他们的禁忌——
而我看到他们坐在那里哈哈笑，
而我听见他们说，完全像我母亲：
啊，他这么特别，他这么特别，
啊，他跟我们完全不一样。

有一天当我飞向天堂
（他们会让我进去，这毫无疑问）
我将听到幸福的天使们叫道：
他在这里，快把极乐之酒斟满！
接着他们盯着我，禁不住哈哈大笑，
而我将听见他们说，完全像我母亲：
啊，他这么特别，他这么特别，
啊，他跟我们完全不一样。

关于爬树

1
当你们在黄昏时从你们的水里出来
（因为你们一定都赤裸裸，皮肤柔和）
你们就爬上轻风中那些
更高的大树。天空也该微暗了。
去找那些在黄昏里缓慢而庄严地
摇晃它们最顶端的嫩枝的大树。
在它们的叶簇中等待黑暗，
黑暗中蝙蝠和鬼影都近在你们眉头。

2
大树下灌木丛僵硬的小叶
肯定会擦你们的背，而这背
你们必须在枝条间坚定地弓起；如此你们将

边爬边低声呻吟，上到更高处。
在树上摇晃很惬意。
但绝不许用膝盖来摇晃！
让树之于你如同树之于树梢：
数百年来，每个黄昏，它都这样摇晃它。

关于在湖里河里游泳

1
在灰白的夏天，当微风
只在大树的叶尖上低唤
你应该躺在河里或池里，
就像狗鱼所栖息的水草。
身体在水里变轻。当你的手臂
从水里舒适地掉进空中，
微风便心不在焉地摇晃它，
大概是把它当作一根褐色树枝。

2
正午的天空带来充裕的宁静。
当燕子飞过，你闭上眼睛。
泥浆温暖。凉爽的泡沫冒出
表明一条鱼刚从我们中间游过。
我的身体和大腿和休息的手臂，
我们静静躺在水里融为一体，
只有当凉爽的鱼游过我们
我才感到太阳在池上照耀。

3
到黄昏整个人都变得懒洋洋，
躺这么久，四肢开始酸痛，
这时你得猛地一头扎进
散开在远处的蓝色溪水里。

最好是在那里待到晚上，
因为那时鲨鱼似的灰白天空
会邪恶而贪婪地扑向灌木和河流，
一切事物都将显露它们最恰当的样貌。

4
当然你必须仰卧着，
好像习惯如此。任由自己漂浮。
你不需要游动，不，只须表现得
仿佛你是砂砾层的一部分。
你应当凝望天空，表现得
仿佛在女人怀中，这就对了。
不惊动任何东西，如同在黄昏的光中
善良的上帝在他的河水里游泳。

关于可怜的贝·布

1
我，贝托尔特·布莱希特，从黑森林出来。
母亲把我搬到城市，当我还躺在
她身体里。而森林的寒冷
将留在我心里，直到我死去那天。

2
在那些沥青城市我很自在。从一开始
它们就给我提供每一顿最后的圣餐：
报纸。还有烟草。还有白兰地。
直到最后都多疑、懒散和满足。

3
我对人礼貌友善。我戴一顶
安全帽因为他们都这样。
我说：他们都是动物，发出特别气味。

我还说：这有什么关系呢？我也是。

4

中午前我会让一两个女人坐在
我那些空摇椅上，用平静的目光
持续地打量她们，对她们说：
我是一个你们不能依靠的人。

5

到晚上，男人们聚集在我身边，
我们彼此用"先生"称呼。
他们把脚搁在我桌面上
并说：我们的情况会改善。而我没有问何时。

6

在黎明的灰光中松树撒尿
而它们的寄生虫，那些鸟儿，开始喞啾吱喳。
这个时刻我在城市里喝干杯里的东西，然后
把烟屁股扔掉，忧心忡忡去睡觉。

7

我们这安逸的一代坐在
被认为是不可摧毁的房子里
（所以我们在曼哈顿岛建造那些高楼
和那些供大西洋潮浪消遣的小天线）。

8

那些城市，将只剩下穿过它们的东西——风！
那座房子叫食客高兴：他把它吃光。
我们知道我们只是住客，暂时寄居，
而在我们之后将没有什么值得一谈。

9

在将来的地震中，我非常希望

我还可以继续抽我的雪茄，不管苦不苦
我，贝托尔特·布莱希特，都是很久以前，
在母亲肚子里，从黑森林搬到沥青城市。

德 国

> 让别人说他们的羞耻，
> 我说我自己的。

德国啊，苍白的母亲！
你多么肮脏，
当你坐在各民族中间。
在污秽者当中
你特别瞩目。

你最贫穷的儿子
被击倒在地。
当他饿得发慌
你别的儿子们
就举手打他。
这是人所共知的。

他们这样举起手来
举手打他们的兄弟，
还无礼地在你身边昂首阔步，
当着你面前大笑。
这是家喻户晓的。

在你的屋子里，
谎言喧腾。
但真理
必须沉默。
不是这样吗？

为什么压迫者到处表扬你,但
被压迫者却控诉你?
被剥削者用手指指着你,但
剥削者却称赞在你屋子里
发明的制度。

于是每个人都看见你
藏起你裙子的褶边,那上面
沾着你最好的儿子的
鲜血。

听见你屋子里传出的演说,人们就大笑。
但无论谁看见你,就伸手去拿刀,
如同看见盗贼走近。

德国啊,苍白的母亲!
你的儿子们向你做了什么
使得你坐在各民族中间
变成嘲笑和害怕的对象!

诗歌的坏时代

是的,我知道:只有快乐的人
才被喜欢。他的声音
好听。他的脸好看。

院子里那棵残树
表明土壤贫瘠,然而
过路人因它是残树而羞辱它,
这也无可厚非。

松得海峡里的绿船和飞帆

没人看见地滑翔。在一切当中
我只看见渔民们的破网。
为什么我只记录一个弓着背走路的四十岁村妇？
姑娘们的乳房
还照样那么温暖啊。

在我的诗歌里，押一个韵
也近于一种不敬。

我心里觉得
开花的苹果树很惬意
而房子油漆工的谈吐则很恐怖。
但只有后者
才会驱使我走向写字桌。

致后代

1
确实，我生活在黑暗的时代！
不狡猾的话是愚蠢的。光滑的前额
暗示感觉迟钝。欢笑的人
无非是还没有接到
可怕的消息。

这是什么时代，当
一次关于树的谈话也几乎是一种犯罪
因为它暗示对许多恐怖保持沉默？
那个安详地过马路的人
是不是已经越出了他那些
有需要的朋友的范围？

没错，我依然能谋生
但请相信，这纯属偶然。我做的任何事情

都不足以使我有权利吃饱。
我完全是侥幸。（如果运气没了，我也就消失。）

他们对我说：吃吧喝吧！你应该为此感到高兴！
但我怎样又吃又喝，如果我吃的
是从挨饿者那里夺来的，
而我这杯水属于一个就快渴死的人？
然而我又吃又喝。

我也很想有智慧。
在古书里，他们说到智慧：
远离世间的纷争，没有恐惧地
过完你短暂的一生，
还有要避免暴力，
以善报恶，
不满足你的私欲而是把它们忘了，
这就是智慧。
这些我都做不到：
确实，我生活在黑暗的时代。

2

我在混乱时期来到城市，
正当饥饿在那里蔓延。
我在反抗时期跻身于人群之中
也跟他们一起反抗。
我的时光就这么流逝，
那是我在尘世上被赐予的时光。

我在战斗的间歇吃饭，
我在杀人者当中睡觉，
我粗心大意地爱，
我不耐烦地看大自然。
我的时光就这么流逝，
那是我在尘世上被赐予的时光。

我年轻时所有道路都通往泥沼。
我的舌头把我暴露给屠夫。
我几乎什么也做不了。但那些有权势者
没有我就会坐得更安稳：这是我的希望。
我的时光就这么流逝，
那是我在尘世上被赐予的时光。

我们力量单薄。我们的目标
远远地竖立在前方，
它清晰可见，尽管我自己
不大可能抵达它。
我的时光就这么流逝，
那是我在尘世上被赐予的时光。

3
你们这些在我们被洪水淹没的地方
浮现出来的人啊，
当你们说起我们的弱点
请你们也记得
你们逃脱的
这黑暗的时代。

因为我们换国家比换鞋还快，
经历一场又一场阶级战争，在只有不公正
而且没有反抗时陷入绝望。

然而我们知道：
仇恨，即便是对卑鄙者的仇恨，
也会扭曲外貌。
愤怒，即便是对不公正的愤怒
也会使声音粗哑。啊，我们
这些想为友善铺设基础的人
自己却不能友善。

但你们，当人终于可以
帮助人的时代来临，
请带着宽容
想起我们。

流亡风景

但就连我，在最后的船上
也在索具中看见黎明的悦色
和海豚灰色的身体
从日本海里浮现。

在前景黯淡的马尼拉的小巷
镶着装饰物的小马车
和老妇人的紫色袖子，
流亡者也快乐地看在眼里。

洛杉矶的石油井架和焦渴的花园
和黄昏时加州的峡谷和水果市场
都叫这不幸消息的信使感动。

李　树

院子里有一株小李树，
小得简直不像一棵树。
然而它在那里，用栏杆围着，
这样才不会被人踩扁。

它已经充分成形了，又低又瘦。
啊，是的，它还想长高，它渴望
那达不到够不着的——

阳光实在太少。

一株不结果的李树，
说起来你不相信。
但它照样是一株李树，
看它的叶子你就知道。

焚　书

当统治者下达命令，公开烧掉包含
有害知识的书，而牛群被迫
从四面八方把一车车书
拖向篝火，一个被流放的作家，
最好的作家之一，细看
被烧的书目，惊讶地发现
他的著作都通过了。他愤怒地
奔向他的写字桌，给当权者写信。
烧我！他飞快地写道，烧我！难道我的书
不是永远报告真理吗？而你们竟然
把我当成谎言家！我命令你们：
烧我！

想到地狱

想到地狱，我的兄弟雪莱
好像说过它是一个
酷似伦敦的地方。我
这个住在洛杉矶而不是伦敦的人
想到地狱的时候，就觉得
它一定更像洛杉矶。

在地狱里，

我敢肯定,一定也有这些繁茂的花园,
花大如树,当然如果不用非常昂贵的水浇灌
就会毫不犹豫地凋谢。还有水果市场,
堆着大量的水果,尽管
既没味道也不可口。还有无穷尽的汽车队伍
比它们自己的影子还轻,比疯狂的思想
还快,闪闪烁烁的汽车,汽车里
看上去快活的人不知从哪里来,也不知要去哪里。
还有一幢幢房子,为富人建造的,因而即便有人住
也总是空荡荡。

地狱里的房子,也不全都是丑陋的。
但是,别墅住户害怕被撵到街上去的
压力,一点也不少于
那些棚屋区居民。

给花园喷洒

啊,给花园喷洒,使翠绿充满活力!
给干渴的树浇水。给它们不止足够
而且别忘了灌木
即使是那些没有莓果的,那些精疲力尽
挤不出什么的。还有别忽略
生长在鲜花之间的杂草,它们也
干渴。也不会仅仅浇那些
青草或只浇那些枯草。
就连赤裸的土壤你也必须更新它。

恶魔的面具

我墙上挂着一个日本雕刻,
是一个恶魔的面具,涂着金漆。

我同情地观察
他额头青筋暴现，表明
作恶的压力是多么沉重。

艰难时代

站在写字桌前
透过窗子我看见花园里那株接骨木树
并辨认出树里有点红，有点黑，
立即就想起了我童年
在奥格斯堡的那株接骨木树。
有几分钟我很认真地
盘算着要不要走到饭桌
拿起我的眼镜，以便再次看清
那些垂在小红梗上的黑刺莓。

民主法官

在洛杉矶，一个意大利餐馆老板
来到负责审查那些想成为美国公民的
申请者的法官面前。只是，他认真的准备
受到他对新语言一无所知的妨碍。
他在测试中用颤抖的声音回答
"什么是第八修正案？"这个问题：
1492。由于法律要求申请者懂英语，
所以他被拒绝了。他进一步学习
但依然受到他对新语言一无所知的妨碍，
三个月后他又回来，这一次
法官提出的问题是：在内战中
打胜仗的将军是谁？他回答：
1492（很亲切很大声地）。他又被拒绝
于是第三次回来，他对第三个问题

"我们的民选总统一个任期多久？"的回答
依然是：1492。终于
这位蛮喜欢他的法官，明白到他无法学
新语言，于是问他如何谋生，他回答：辛苦工作。因此
他第四次接受测试时法官问他：
"美洲
是什么时候发现的？"于是凭着他正确的答案
1492，他获得公民身份。

花 园

在湖边，在无花果树和银杨树的深处，
在墙和篱笆的遮挡下，一座花园
如此精心地布置着每月盛开的花，
使得它从三月到十月都繁花怒放。

在这里，在早上，不太经常地，我坐下
希望我也永远可以
在所有气候里，不管是好是坏
都展示愉快的一面。

夏天的天空

在湖面上的高空中一架轰炸机飞着。
划艇里的孩子、女人和一个老人
抬头仰望。从远处看
他们像小椋鸟，张开口
要食物。

政治诗人布莱希特

戴维·康斯坦丁

黄灿然 译

    1.诗歌可以来自和表达任何一种人类生活和任何人类生活脉络。相应地,诗歌语言也必须自由地塑造自己。

    2.这似乎是不证自明的,但是诗歌题材和语言却往往受到诸多限制。有些题材,有些措词,被认为是没有诗意的。(另一些——而这种误解同样恶劣——则被认为在本质上是诗意的。)

    3.一般来说,正是现代性,也即当前现实的种种境况、实际使用的现代语言,被认为是不适合诗歌的。但是,任何如此限制自己的诗人,等于把自己放逐到虚妄之乡。

    4.布莱希特,一位伟大戏剧家和一位还要更伟大的诗人,决心在这两种体裁中直面他生活其中的现实。那是什么样的现实?第一次世界大战、德国革命及其血腥镇压、卡普政变、超级通胀、魏玛、华尔街股灾、大萧条、希特勒、流亡、第二次世界大战、东德、一九五三年柏林起义遭俄罗斯坦克镇压。诸如此类。他作为作家、个人主义者和享乐主义者生活在其中。

    5.因此他的诗学是综合性的。他曾遗憾地形容说,歌德之后德国诗歌分裂成两大阵营:主教式的和渎神的。主教式诗歌在其令人厌恶的主要阐释者格奥尔格和里尔克身上,显然十分不愿意也无能力去正视二十世纪真实生活中的种种剧烈落差。但布莱希特并非简单地选择渎神。在渎神阵营,诗歌同样退化,即是说,愈来愈不合时宜。相反,布莱希特寻求并获得他认为是已丧失的东西:诗学语言美丽而矛盾的统一。即是说,他恢复德国诗歌无所不说的能力;混合不同语言不同音调的能力;在不同刻度中变动的能力,如果合适,会在同一首诗中做到,从最高到最低。因为真实生活正是如此:种种落差的连惯性,种种矛盾共存的可能性。

6.二十世纪初英语诗人的处境也许比德国诗人好些。我是说,就他们手中可供使用的语言而论。继华兹华斯以其好争辩地坚持"人的真正语言"是诗歌取之不尽的资源以及哈代丰富的创新和对形式、格律和措词的探索之后,也许英语较好地准备去迎接高速炮弹、战壕狭板道、防空洞和毒气。如果情况确实是这样,则布莱希特的成就就更大了。

7.布莱希特在三个方面尤其是当代诗人的好榜样:

——首先,因为他向你证明,现代性——其事实和语言,你在其中的真实生活——是你的素材和责任。

——其次,因为他向你证明,古老形式——十四行诗、格言、挽歌、赞美诗、圣歌、素体诗、六音步诗——在诗歌技艺中仍可以使用,且你必须去充分发挥,其不可或缺就如同你自己发明的新形式。

——第三,因为他明白,并且如果你研究他你也会明白:在为一种人性的政治而奋斗时,抒情诗的种种责任和手段是十分独特的,它们必须引起作家和读者的注意。他在作为诗人的实践中知道,诗本身在其总体效果中,在其节奏中、在其语言运用中、其诉求的变换中,必须抓住我们所处的生存的种种矛盾,这样我们才能了解和感受最坏的东西,并要求改变和生活得更好。

(译自《恩培多克勒的鞋子:布莱希特诗歌论文集》,原题为《政治诗人》,汤姆·库恩、卡伦·利德编,梅休因出版社,伦敦,2002。)

图书在版编目（CIP）数据

诗建设. 6/泉子编. –北京：作家出版社，2012.8
ISBN 978 – 7 – 5063 – 6571 – 0

Ⅰ.①诗… Ⅱ.①泉… Ⅲ.①诗集 – 中国 – 当代　Ⅳ.①I227

中国版本图书馆 CIP 数据核字（2012）第 181862 号

诗建设 6

主　　编：泉　子
副 主 编：胡 澄　江 离　胡 人　飞 廉
责任编辑：贺　平　江小燕
封面设计：范振莹
装帧设计：曹全弘
出版发行：作家出版社
社址：北京农展馆南里 10 号　　　　邮编：100125
电话传真：86 – 10 – 65930756（出版发行部）
　　　　　86 – 10 – 65004079（总编室）
　　　　　86 – 10 – 65015116（邮购部）
E – mail：zuojia@ zuojia. net. cn
http：//www. haozuojia. com（作家在线）
印刷：北京谊兴印刷有限公司
成品尺寸：170 × 240
字数：250 千
印张：15.75
版次：2012 年 8 月第 1 版
印次：2012 年 8 月第 1 次印刷
ISBN　978 – 7 – 5063 – 6571 – 0
定价：25.00 元